KB201472

독일인의 사랑

독일인의 사랑

1판 1쇄 인쇄 | 2012. 11. 1
1판 1쇄 발행 | 2012. 11. 5

글쓴이 | 막스 뮐러
옮긴이 | 염정용
디자인 | 이인선
펴낸이 | 박옥희
펴낸곳 | 도서출판 인디북

등록일자 | 2000. 6. 22
등록번호 | 제10−1993호
주   소 | 서울시 마포구 염리동 27−216번지 2층
전   화 | 02)3273−6895~6
팩   스 | 02)3273−6897
cafe.naver.com/indeworld
ISBN 978−89−5856−137−8 03850

독일인의 사랑

막스 뮐러 지음 | 염정용 옮김

인디북

    얼마 전까지도 다른 사람이 − 비록 그 사람이 지금은 무덤 속에 고요히 잠들어 있다 하더라도 − 앉았던 책상 의자에 한번쯤 앉아보지 않은 사람이 누가 있을까? 오랜 세월 동안 한 사람의 − 비록 그 사람이 지금은 공동묘지의 거룩한 고요 속에 편히 쉬고 있다 하더라도 − 소중한 비밀을 간직해왔던 책상 서랍을 한번쯤 열어보지 않은 사람이 누가 있을까?

    그 서랍에는 고인이 너무나 소중히 여겼던 편지들이 있다. 여기 그림들, 철끈들, 페이지마다 기호가 표시된 비망록들이 있다. 이제 누가 이것들을 읽고 그 뜻을 알아볼 수 있을까? 누가 빛바래고 흩어진 이 장미 꽃잎들을 다시 맞추고, 새로운 향기를 풍기도록 살려낼 수 있을까? 그리스인들 사이에서 죽은 이의 시신을 태워 사라지게 해주었던 불길, 고인이 생전에 가장 아끼던 모든 것을 던져 넣었던 불길 ─ 그 불길은 지금도 이 유물들이 돌아가야 할 가장 확실한 안식처다. 뒤에 남겨진 친구는 지금은 굳게 눈 감은 고인 외에 누구의 시선도 받아본 적이 없는 유고들을 주저하며 두려운 마음으로 읽어본다. 그는 건성으로 이 비망록과 편지들에 중요한 내용이 들어 있지 않다는 것을 대충 확인하고서 황급히 이글거리며 타오르는 석탄 더미 위로 던져 넣는다. 그것들은 화르르 불꽃으로 타올랐다가 영영 사라져버린다!

다음의 수기는 이러한 불길 속에 던져지는 위기를 모면한 것이다. 이 수기는 처음에는 고인의 친구들끼리 돌려보았던 것이지만, 낯선 사람들 사이에서도 좋아하는 이들이 생겨났기 때문에, 이제는 널리 읽히는 것이 마땅하리라 생각된다. 이 책을 펴 내면서 나는 더 많은 것을 소개하고 싶었지만, 나머지 유고들은 워낙 잘게 찢기고 훼손되어 다시 정리해 하나로 맞출 수 없었던 것이 유감이다.

1866년 1월, 옥스퍼드에서

막스 뮐러

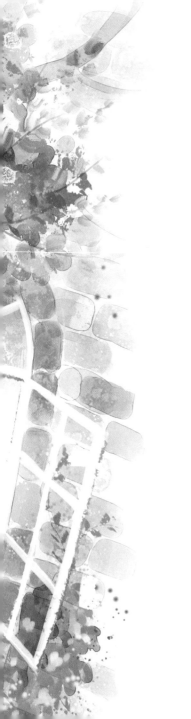

첫 번째 회상

누구나 어린 시절의 신비로움과 경이로움을 지니고 있다. 그러나 누가 그것을 말로 설명하고, 그 뜻을 알려줄 수 있겠는가? 우리들은 모두 이 고요한 경이로움의 숲을 지나왔다. 우리는 한때 행복에 도취되어 눈을 떴고, 삶의 아름다운 모습들이 우리의 마음을 가득 채웠다. 그때 우리는 자신이 어디에 있으며, 어떤 사람인지 몰랐다. 그때는 온 세상이 우리의 것이었고, 우리는 온 세상의 일부였다. 그것은 시작도 끝도 없고, 멈춤도 고통도 없는 영원한 삶이었다. 우리 마음은 봄 하늘처럼 화창했고 제비꽃 향기처럼 싱그러웠다. 주일날 아침처럼 엄숙하고 거룩했다.

그런데 무엇이 이토록 복된 어린아이의 평온을 깨뜨리는가? 어떻게 이 천진난만하고 순결한 삶이 언젠가 끝나게 된단 말인가? 무엇이 우리를 만물과 혼연일체가 된 이 행복으로부터 내몰아 별안간 막막한 삶 속에 홀로 외로이 세워두는가?

심각한 표정으로 죄악 때문에 그런 것이라고 말하지 말라! 어린아이가 정녕 죄를 지을 수 있단 말인가? 차라리 그것은 모르는 일이며 섭리에 따를 뿐이라고 말하라.

꽃봉오리가 피어나고, 꽃이 열매를 맺고, 열매가 먼지로 돌아가는 것이 죄악 때문이란 말인가?

애벌레가 번데기가 되고, 번데기가 나비로 변하고, 나비가 먼지로 돌아가는 것이 죄악 때문이란 말인가?

그리고 어린 아이가 어른이 되고, 어른이 노인으로 변하고, 노인이 먼지로 돌아가는 것이 죄악 때문이란 말인가? ― 그러면 또 먼지란 무엇인가?

차라리 그것은 모르는 일이며 섭리에 따를 뿐이라고 말하라.

하지만 인생의 봄을 되돌아보고, 그 깊은 내면을 다시 들여다보는 것 ─ 어린 시절을 회상하는 것은 참으로 흐뭇한 일이다. 그렇다, 인생의 무더운 여름, 쓸쓸한 가을, 추운 겨울에도 가끔씩 봄날이 찾아온다. 그럴 때 우리는 마음속으로 '봄날 같은 기분이야' 하고 말한다. 오늘이 바로 그런 날이다. 그래서 나는 향긋한 숲속의 부드러운 이끼 위에 드러누워 뻐근한 사지를 쭉 뻗고, 푸른 잎사귀들 사이로 끝없이 펼쳐진 파란 하늘을 올려다보며 생각한다. 어린 시절은 과연 어땠을까?

그 시절의 모든 것은 잊혀버린 듯하다. 그래서 기억의 첫 몇 페이지는 대물림으로 전해오는 낡은 성경책 같다. 처음의 몇 페이지는 완전히 빛이 바랜데다 약간 너덜너덜하고 군데군데 얼룩도 졌다. 계속 페이지를 넘겨 아담과 이브가 낙원에서 쫓겨나는 장이 나오면, 그제야 모든 것이 분명하고 글자도 알아볼 수 있게 된다. 발행 장소와 연도가 적힌 겉장이라도 발견할 수 있다면 다행이리라! 그러나 겉장은 완전히 달아나버리고, 대신 손으로 말끔하게 적어놓은 우리의 '세례 증서' 페이지만 있을 뿐이다. 거기에는 우리가 언제 태어났는지와, 부모와 대부들의 이름이 적혀 있다. 우리가 자신을 sine loco et anno발행 장소와 연도도 모르는 판본, 근본도 모르는 인간이라고 여길 필요가 없도록 해주는 것이다.

그러나 맨 처음 ─ 이 처음이라는 것이 없다면 좋았을 것을! 처음을 더듬어 올라가다 보면, 거기서 곧장 모든 생각과 기억이 멈춰버리기 때문이다. 그리고 우리가 이렇게 어린 시절로, 어린 시절에서 아득히 먼 과거 속으로 더듬어 올라갈 때, 이 심술궂은 처음이라는 녀석은 계속해서 더 멀리 달아나버리는 것 같다. 그래서 생각들이 뒤쫓아 가보지만 결코 그것을 따라잡을 수 없다. 마치 어린아이가 푸른 하늘과 땅이 맞닿은 곳을 찾아 달리고 또 달리지만, 하늘은 늘 그 아이에게서 물러나고, 그런데도 여전히 땅에 맞닿아 있는 것처럼 말이다. 그 아이는 지친 나머지 끝내 그곳에 도달하지 못한다.

그러나 우리가 일단 그곳에 다다랐다 해도, 우리와 함께 시작된 그 시절에 도달했다 해도 ─ 우리가 그 시절에 관해 무얼 안단 말인가? 그렇다, 기억은 가물거린다. 마치 거친 파도 밖으로 고개를 내밀어보지만 눈으로 계속 물이 들어가 정신을 못 차리는 푸들 같다.

하지만 나는 처음으로 별들을 보았던 때는 아직 기억할 수 있을 듯하다. 별들은 그 전부터 이미 여러 번 나를 비추었겠지만,

어느 날 밤 갑자기 나는 어머니의 품속에 안겨 있는데도 춥다는 느낌이 들었다 ― 나는 몸이 오싹해졌는데, 한기가 들었거나 아니면 겁이 났던 것 같다. 아무튼 나의 내면에서는 어떤 일이 일어났고, 그 때문에 나의 어린 분신은 평소보다 더 자신에게 주의를 기울이게 되었다. 그때 어머니가 나에게 반짝이는 별들을 보여주었고, 나는 어머니가 그처럼 멋지게 꾸며놓은 것이라고 생각하며 신기해했다. 그 후에 나는 다시 몸이 따뜻해지는 것을 느꼈고, 아마 잠이 들었던 것 같다.

다음으로 나는 언젠가 풀밭에 누워 있고, 내 주변의 모든 것들이 이리저리 흔들리고, 이상한 소리가 났던 일이 기억난다. 바로 그때 다리가 여럿에다 날개가 달린 작은 벌레들이 무리지어 나타나서 내 이마와 눈두덩에 내려앉아 무슨 소리를 냈다. 그러자 나는 눈이 따가워서 어머니를 소리쳐 불렀다. 어머니는 "불쌍한 것, 모기떼에 물리다니!" 하고 말했다. 그때 나는 눈을 뜰 수도, 파란 하늘을 더 이상 볼 수도 없었다. 마침 어머니는 싱그러운 제비꽃 한 다발을 손에 들고 있었고, 그때 나는 그 짙푸른 꽃의 향긋한 향기가 머릿속으로 스쳐가는 듯한 느낌이 들었다. 그리고 요즘음도 처음으로 핀 제비꽃을 볼 때면 그 기억

이 떠오른다. 그럴 때 눈을 감기만 하면 그 시절의 짙푸른 하늘이 다시 머릿속에 펼쳐질 것만 같다.

그렇다. 다음으로 나는 이번에도 새로운 세상이 펼쳐지던 모습을 기억하는데, 그 세상은 무수한 별들과 제비꽃 향기보다 더 아름다운 것이었다. 부활절 아침의 일이었다. 어머니는 아침 일찍 나를 깨웠고, 창문 너머로 우리 마을의 오래된 교회가 보였다. 그 교회는 멋지지는 않았지만 높다란 지붕과 우뚝 솟은 종탑이 딸려 있었고, 종탑 위에는 금빛 십자가가 세워져 있어서 다른 건물들보다 훨씬 더 낡고 우중충해 보였다. 언젠가 나도 그곳에 누가 살고 있는지 궁금해서 쇠로 된 창살문을 통해 안을 들여다보았다. 그러나 안은 텅 비어 있어서 스산하고 을씨년스러웠다. 건물 안에는 사람의 그림자조차 보이지 않았다. 그래서 그 후로 교회 문 앞을 지나갈 때면 늘 오싹한 느낌이 들었다. 부활절 날 아침, 그날은 새벽부터 비가 내리고 나서 태양이 아주 장엄하게 떠올랐다. 그러자 그 낡은 교회는 회색 슬레이트 지붕, 높다란 창문들, 금빛 십자가가 달린 종탑과 더불어 온통 찬란한 빛을 내며 반짝였다. 높다란 창문을 통해 흘러든 빛이 갑자기 넘실대며 살아 움직이기 시작했다. 너무나 눈부셔서 쳐다볼 수도 없을 정도였다. 그래서 눈을 감았다. 그런데도 그 빛은 내 영혼 속으로 흘러들었고, 그 속에서 모든 것이 빛나고 향기를 뿜고 노래하고 소리를 내는 것 같았다. 그때 나의 내면에서 새로운 인생이 시작되는 것 같은 느낌, 마치 내가 다른 사람으로 변해버린 듯한 느낌이 들었다. 그것이 무엇이냐고 물어보자, 어머니는 교회에서 사람들이 부르는 부활절 성가라고 말해주었다. 당시에 내 마음 속으로 뚫고 들어왔던 그 맑고 거룩한 노래가 어떤 것이었는지 나는 영영 알아낼 수 없었다. 그것은 분명 가끔 저 루터의 완고한 마음도 뚫고 들어간 그런 오래된 성가들 중 하나였을 것이다. 나는 그 노래를 다시는 들어보지 못했다. 그러나 지금까지도 베토벤의 아다지오나 마르첼로의 찬미가, 혹은 헨델의 합창곡을 들을 때, 그리고 때로는 스코틀랜드의 고지나 티롤 지방에서 소박한 민요를 들을 때면 자주 높다란 교회 창문들이 다시 빛나고 오르간 소리가 영혼 속으로 파고들어, 새로운 세상이 열리는 듯한 기분이 된다 — 별들이 가득한 밤하늘과 제비꽃 향기보다 더 아름다운 세상이.

이것이 나의 가장 어린 시절 기억들이다. 그리고 그 사이로 어머니의 다정한 얼굴, 또한 아버지의 부드럽고 엄숙한 눈길이 떠돈다. 그리고 정원, 포도덩굴이 뒤덮인 정자, 부드럽고 푸른 잔디밭, 낡고 성스러운 그림책도. 이것이 내가 기억의 빛바랜 첫 몇 페이지에서 아직 알아볼 수 있는 전부다.

그러나 그 후로는 점점 더 밝고 또렷해진다. 사람들의 이름과 모습이 떠오른다. 어머니와 아버지뿐 아니라 형제자매들, 친구들과 선생님들 ─ 그리고 수많은 타인들의 모습이 떠오른다. 아, 그렇다. 타인들 ─ 그들에 관해서는 너무나 많은 것들을 기억 속에 담고 있다.

두번째 회상

　우리 집에서 얼마 떨어지지 않은 곳, 그러니까 금빛 십자가가 달린 오래된 교회 맞은편에는 그보다 더 크고 수많은 첨탑들이 달린 웅장한 건물이 한 채 있었다. 그 성의 첨탑들도 매우 우중충하고 낡아 보였지만, 꼭대기에는 금빛 십자가 대신 독수리 석상이 장식되어 있었다. 높다란 성문 바로 위의 가장 높은 첨탑에는 파란색과 흰색으로 된 커다란 깃발이 나부끼고 있었다. 성문에는 위쪽 건물로 오르는 계단이 연결되어 있었고, 양쪽에는

말을 탄 병사 두 명이 보초를 서고 있었다. 그 건물에는 수많은 창문들이 있었는데, 안쪽으로 금빛 술이 달린 빨간 비단 커튼이 보였다. 그리고 안뜰에는 오래된 보리수나무들이 빙 둘러 심어져 있어 여름에는 푸른 잎들이 돋아나 우중충한 성벽을 그늘로 가려주었고, 향기로운 하얀 꽃들이 잔디밭에 떨어져 이리저리 굴러다녔다. 나는 그곳도 자주 들여다보곤 했는데, 보리수나무가 향기를 흩뿌리고 창마다 불이 밝혀지는 저녁이면 여러 사람이 오가는 그림자가 보였고, 위층에서는 음악이 울려 나왔다. 그리고 마차들이 성문 앞에 도착하면 남녀들이 내려 총총걸음으로 계단을 따라 올라갔다. 그들 모두가 아주 멋지고 아름답게 보였으며, 남자들은 가슴에 별 모양의 훈장을 달았고, 여자들은 머리에 싱싱한 꽃을 꽂고 있었다 ─ 그럴 때면 나는 종종 '너는 왜 들어가보지 않는 거야?' 하고 생각했다.

그러던 어느 날 아버지가 내 손을 잡고 말했다. "우리는 저 성으로 갈 거야. 영주 부인이 너에게 말을 걸면 아주 공손하게 예의를 갖춰 그분의 손에 키스를 해드려야 한단다."

나는 여섯 살쯤 되었고, 그 나이 또래의 아이들이 흔히 그렇듯이 너무나 기뻐 어쩔 줄 몰랐다. 나는 이전부터 저녁이면 불이 밝혀진 창가에 어른거리던 그림자 형상들이 어떤 사람들인지 너무나 자주 생각해보았고, 집안에서도 영주 부부의 착한 성품에 관해 많은 이야기를 들었다. 그들은 매우 자비로워서 가난하고 병든 사람들을 도와주고 위로해주었는데, 하나님의 은총으로 착한 사람들을 보호하고 악한 사람들을 벌하러 온 거라고들 했다. 나는 오래전부터 성에서 벌어지는 온갖 일들에 관해 상상해왔기 때문에, 영주 부부는 이미 내가 가지고 노는 호두까기 인형과 납으로 만든 병정들만큼이나 친숙한 사람들이었다.

아버지와 함께 높다란 계단을 올라갈 때 내 가슴은 마구 두근거렸다. 아버지가 나에게 영주 부인은 '후작 부인님', 영주는 '후작님'이라 불러야 한다고 일러주고 있는데, 마침 출입문이 양쪽으로 열리며 빛나는 눈매에 키가 큰 부인이 나타났다. 부인은 나에게 손을 내밀듯 하며 다가왔다. 그녀의 얼굴에는 내게는 오래전부터 친숙한 표정이 깃들어 있었고, 보일 듯 말 듯한 미소가 두 뺨을 스쳐갔다. 나는 얌전히 서 있을 수만은 없었다. 그런데 어떤 이유에서인지 아버지는 아직도 문가에 서서 허리를 깊이 숙이고 있었다. 나는 두근거리는 가슴을 억누르지 못하고 그 아름다운 부인에게로 성큼 달려가 목에 매달리며 내 어머니에게 하듯이 키스를 해주었다. 그 아름다운 부인도 그것을 기꺼이 받아들였고, 내 머리를 쓰다듬어주며 미소를 지어 보였다. 그러나 아버지는 내 손목을 잡아 끌어내며 너무 무례하게 굴어서 다시는 데려오지 않겠다고 말했다. 나는 도무지 무슨 까닭인지 알수 없었고, 아버지가 나를 부당하게 나무라고 있다는 느낌이 들어 피가 거꾸로 솟아 얼굴이 화끈거렸다. 그래서 나는 나를 감싸줄 것을 기대하며 영주 부인을 쳐다보았다. 그러나 부인의 얼굴에는 약간 근엄한 표정이 서려 있었다. 다시 나는 거실에 모여 있던 남녀들을 건너다보았고, 그들은 내편을 들어줄 것이라 믿었다. 그러나 정작 그들 모두 웃고 있다는 것을 알았다. 나는 눈물이 핑 돌아 문 밖으로 뛰쳐나와 계단을 내려와서 안뜰의 보리수나무들을 지나 집으로 돌아왔다. 마침내 나는 어머니에게 달려들어 팔에 안겨 훌쩍이며 울었다.

"무슨 일인데 그래?" 어머니가 물었다.

"아, 엄마. 나는 후작 부인에게 갔었어요. 그분은 너무나 친절하고 아름다운 분이었어요. 엄마와 아주 똑같았어요. 그래서 그분의 목에 매달려 키스를 해주고 말았어요."

"그랬구나. 그런 짓은 하지 말았어야지. 그분들은 타인들이고 지체 높은 양반들이니까."

"타인들이라는 게 무슨 말이에요? 그렇다면 상냥하고 다정한 눈길로 나를 바라보는 사람들이라고 해서 모두 다 좋아해서는 안 되나요?"

"애야, 그런 사람들을 좋아하는 건 상관없어. 그러나 그걸 드러내서는 안 된단다."

"그런 사람들을 좋아하는 게 잘못이라는 말인가요? 그리고 왜 그 사실을 드러내서는 안 되나요?"

"글쎄, 네가 옳기는 하지만 아버지가 시키시는 대로 했어야지. 네가 더 크면 상냥하고 다정한 눈길을 보내는 아름다운 여자들이라고 해서 무턱대고 그들의 목에 매달릴 수 없는 이유를 알게 될 거야."

그날은 슬픈 하루였다. 아버지는 집으로 돌아와서도 내가 버릇없이 굴었다는 주장을 굽히지 않았다. 어머니가 밤에 나를 침대로 데려다주었고, 나는 기도를 올렸다. 그러나 잠은 오지 않았다. 그래서 좋아해서는 안 된다는 타인들이 대체 무슨 뜻인지 곰곰이 생각해보았다.

인간의 마음은 참으로 가련하다! 이렇게 해서 아직 봄인데도 이미 그대의 꽃잎은 꺾이고, 날개에서 깃털이 뽑혀 나가는구나! 인생의 새벽 어스름이 영혼의 비밀스러운 꽃받침을 열어주면, 그 속은 온통 사랑의 향기로 가득 찬다. 우리는 일어서고 걷는 법, 말하고 읽는 법을 배운다. 그러나 사랑은 어느 누구도 가르쳐주지 않는다. 사랑은 생명처럼 우리의 일부이며, 심지어 우리 인간의 가장 밑바탕이 된다고 말한다. 하늘의 별들이 서로 끌어당기고 기울며 중력이라는 영원한 법칙에 의해 유지되듯이, 인간들도 서로 기울고 끌어들이며 사랑이라는 영원한 법칙에 의해 결속된다. 꽃은 햇빛 없이는 피어날 수 없고, 인간은 사랑 없이는 살아갈 수 없다. 만약 어머니와 아버지의 다정한 눈길에서 사랑이라는 따뜻한 햇볕이 ─ 천상의 빛과 천상의 사랑이 부드럽게 반사되듯이 ─ 어린 아이에게 비춰지지 않는다면, 이 낯선 세계에서 처음으로 차가운 돌풍이 불어올 때 그 아이의 가슴은 두려워서 터져버리지 않을까? 그 뒤로 그 아이의 내면에서 눈 뜨는 열망은 가장 순수하고 심오한 사랑이다. 그것은 온 세상을 모두 감싸는 그런 사랑이다. 또한 인간의 반짝이는 두 눈을 대할 때 기뻐하며 눈을 빛내고, 인간의 목소리를 들을 때 반갑게 환호하는 그런 사랑이다. 그것은 오래되고 무한한 사랑이며, 바닥을 알 수 없는 깊은 우물이며, 아무리 길어도 마르지 않는 샘이다. 사랑을 아는 사람은 사랑에는 한도가 없으며, 늘지도 줄지도 않는다는 사실도 알고 있다. 사랑에 빠진 사람은 오로지 온 정성과 마음을 기울이고, 온갖 노력과 감정을 쏟아부어야만 사랑할 수 있다는 것을 알고 있다.

하지만 안타깝게도 인생의 절반도 지나기 전에 우리의 이러한 사랑은 메말라 줄어들지 않는가! 어린 시절 우리는 '타인들'이 있다는 사실을 깨닫게 되면 아이 같은 행동은 하지 않게 된다. 사랑의 샘물은 잡초로 뒤덮이고, 세월이 흐를수록 흙모래로 완전히 메워져버린다. 우리의 눈은 더 이상 빛나지 않으며, 우리는 소란한 거리에서 근엄하고 흐릿한 눈빛으로 서로를 스치며 지나간다. 인사조차 제대로 하지 않는다. 우리는 답례를 받지 못하면 그것이 마음에 얼마나 심한 상처를 주며, 이전에 인사를 나누고 악수를 교환했던 사람들과 작별하는 것이 얼마나 슬픈 일인지 알고 있기 때문이다. 영혼의 날개는 깃털을 잃고,

꽃잎은 거의 모두 꺾이거나 시들고 만다. 끝없이 솟아나던 사랑의 샘물에는 우리가 완전히 목말라 죽지 않을 만큼 혀를 적시는 몇 방울의 물만 남는다. 그리고 우리는 그 몇 방울의 물마저 사랑이라 부른다. 그러나 그것은 더 이상 순수하고 완전한, 기쁨에 찬 어린아이의 사랑이 아니다. 그것은 불안과 근심이 담긴 사랑이며 ─ 차라리 타오르는 욕정, 달아오르는 정욕이라고나 할까 ─ 뜨거운 모래 위에 떨어지는 빗방울처럼 스스로를 소모시키는 사랑이며, 헌신하는 사랑이 아니라 갈구하는 사랑이다. 그것은 '당신의 사람이 되겠다'고 말하는 사랑이 아니라 '내 사람이 되어달라'고 요구하는 사랑이며, 바로 이기적이고 필사적으로 매달리는 사랑인 것이다! 그리고 그것은 시인들이 찬미하고, 청춘 남녀들이 믿고 있는 그런 사랑이다. 그것은 활활 타올랐다가 꺼져버리지만, 온기도 없고 연기와 재밖에 남기지 않는 불꽃이다. 우리들 모두는 한때 이 불화살이 영원한 사랑에서 발산되는 빛이라고 믿었다. 그러나 빛이 환할수록 그 뒤에 찾아오는 어둠은 더욱 짙은 법이다.

주변의 모든 것이 어둠에 싸이고, 우리가 정말로 고독하다고 여기고, 모든 사람들이 우리 곁을 스쳐 지나가면서 아는 체도 하지 않는다. 그럴 때는 가끔 가슴 속에서 어떤 잊혀버린 감정이 울컥 솟구쳐 오른다. 그렇지만 우리는 그것이 무엇인지 모른다. 왜냐하면 그것은 사랑도 아니고 우정도 아니기 때문이다. 우리 곁을 남남처럼 냉담하게 스쳐가는 모든 사람들에게 '날 모른단 말인가요?' 하고 소리치고 싶어진다. 그럴 때 우리는 인간과 인간의 사이가 형제 사이, 부모와 자식 사이, 친구 사이보다 더 가깝다는 느낌이 든다. 그리고 '타인들'이 우리의 가장 가까운 이웃이라는 말이 오래된 성서의 잠언처럼 우리 영혼 속으로 울려 퍼진다. 그런데도 우리는 왜 말없이 그들을 스쳐 지나가야 한단 말인가? ― 우리는 그것을 모르며 섭리에 따를 뿐이다. 기차 두 대가 철로 위에서 요란한 소리를 내며 마주 지나치고, 당신이 반갑게 인사를 보내는 듯한 친숙한 눈동자를 발견할 때, 손을 내밀어 빠른 속도로 지나가는 그 친구의 손을 맞잡으려 해 보라. 그러면 아마 이 지상에서 왜 인간이 인간의 곁을 말없이 스쳐 지나가는지 이해하게 되리라.

이 점에 관해 옛 현자는 이렇게 말했다. "나는 난파한 거룻배의 조각들이 바다에 떠다니는 것을 보았다. 그중 몇 개의 조각들만 서로 만나 한동안 함께 모여 있다. 그 후에 폭풍이 불어와 그것들은 사방팔방으로 흩어져버리고, 이 지상에서 다시는 만나지 못하게 된다. 우리 인간들의 운명도 이와 같다. 다만 배가 그토록 심하게 난파당한 것을 아무도 보지 못했을 뿐이다."

세 번째 회상

어린 시절의 하늘을 덮고 있던 먹구름은 오래 가지 않기에, 따뜻한 눈물의 비가 잠깐 내린 후에 구름은 완전히 사라졌다. 그렇게 해서 나는 금세 다시 성을 찾아갔다. 영주 부인은 나에게 키스를 하도록 손을 내밀었고, 그런 다음 어린 공자들과 공녀들을 데려왔다. 우리는 오래전부터 친한 사이처럼 함께 어울려 놀았다.

내가 수업을 마친 후에 − 그때 나는 이미 학교에 다니고 있었다 ― 성으로 놀러 갈 수 있었던 그 시절은 행복한 나날들이었다. 성에는 우리가 가지고 싶어 했던 모든 것들이 있었다. 이전에 어머니는 나에게 진열대의 장난감들을 가리키며, 가난한 사람들이 일주일 내내 먹고살 수 있을 만큼 비싼 것들이라 설명했었다. 그런 것들이 성에 가면 얼마든지 있었다. 그리고 내가 영주 부인에게 부탁하면 그것들을 집으로 가져와서 어머니에게 보여줄 수 있었고, 어떤 때는 아주 가져도 좋았다. 책방에서 아버지와 함께 본 적이 있는, 아주 특별한 아이들만 가질 수 있는 아름다운 그림책들을 나는 성에서 마음껏 뒤적이며 몇 시간이나 보낼 수 있었다. 그리고 어린 공자들이 가진 것은 전부 내 것이기도 했다. 아무튼 나는 그렇게 생각했다. 왜냐하면 내가 원하는 것은 집으로 가져올 수 있었을 뿐 아니라, 그 장난감들을 종종 다른 아이들에게 나누어줄 수도 있었기 때문이다. 요컨대 나는 가진 것을 함께 나눈다는 의미에서 어린 공산주의자였다. 내 기억으로는 ― 단 한 번 있었던 일이지만 ― 어느 날 영주 부인이 팔에 차고 있던 살아 움직이는 듯한 뱀 모양의 금팔찌를 우리들에게 장난감으로 내준 적이 있었다. 집으로 돌아갈 때 나는 어머니를 깜짝 놀라게 해줄 양으로 그 팔찌를 차고 있었다. 도중에 어떤 부인을 만났는데 금팔찌를 보고 구경하게 해달라고 간청했다. 그러더니 그런 금팔찌가 있다면 남편을 감옥에서 구해낼 수 있을 것이라고 했다. 나는 물론 길게 생각해 보지도 않고서 팔찌를 부인에게 넘겨주고는 집으로 돌아왔다. 다음날 큰 소동이 벌어졌는데, 그 가난한 부인이 성으로 끌려 와 울고 있었다. 사람들은 그녀가 금팔찌를 슬쩍 가로챈 것이라고 주장했다. 나는 매우 화가 나서 팔찌는 그냥 준 것이며, 다시 돌려받고 싶은 생각이 없다고 아주 진지하게 설명했다. 그 후의 일은 어떻게 되었는지 모른다. 그러나 그날 이후로 내가 집으로 가져오는 것은 모두 영주 부인에게 보여주었던 기억은 난다.

　그러나 내가 내 것과 남의 것에 대한 개념을 확실히 깨닫기까지는 오랜 시간이 걸렸고, 한참 후에도 그 개념들은 서로 뒤엉겨 불명확했다. 내가 오래도록 빨간색과 파란색을 구분할 수 없었던 것처럼 말이다. 이 문제로 친구들이 나를 놀려댔던 마지막 일이 기억난다. 어머니가 나에게 돈을 주며 사과를 사 오라고 시켰을 때였다. 어머니는 1그로센짜리 동전을 주었다. 그러나 사과는 반그로센밖에 하지 않았다. 내가 아주머니에게 1그로센 동전을 건네자, 그녀는 아주 서글픈 표정을 지으며 온종일 사과

를 하나도 팔지 못해 잔돈을 내줄 수 없다고 말했다. 차라리 1
그로센어치를 다 사 가기를 원했다. 그때 주머니 속에 반그로센
짜리 동전이 들어 있다는 생각이 불쑥 떠올랐다. 나는 이 곤란
한 문제를 해결하게 된 것이 아주 기뻐서 동전을 건네주며 말했
다. "이제 저에게 반그로센을 내주시면 되잖아요." 그러나 그녀
는 말뜻을 제대로 이해하지 못하고 1그로센은 돌려주고 반그로
센만 받았다.

그 시절에 나는 어린 공자들과 놀고, 또 함께 불어도 배우기
위해 거의 매일 궁정으로 갔다. 그런데 또 한 사람의 모습이 내
기억에 떠오른다. 그것은 영주의 딸 마리아 백작이었다. 마리아
의 어머니는 첫딸을 출산한 직후에 죽었고, 영주는 그 뒤에 재
혼을 했다. 내가 그녀를 언제 처음 보았는지는 알지 못한다. 그
녀는 기억의 어둠 속에서 아주 조금씩 서서히 모습을 드러낸다
— 처음에는 희미한 그림자 같았지만, 점점 더 모습이 뚜렷해
지고 더욱 가까이 다가오더니 마침내 내 눈앞에 명확히 나타난
다. 마치 폭풍우가 몰아치는 밤에 달이 구름의 베일을 벗고 갑
자기 자신의 얼굴을 내미는 것 같았다. 그녀는 늘 몸이 아파 괴
로워했고 말수가 적었다. 그래서 나는 그녀가 휴식용 침대에 누

워 지내는 것 외에 다른 모습은 보지 못했다. 하인 두 명이 그녀를 침대에 태워 우리 방으로 데려왔고, 그녀가 피곤해지면 다시 데리고 나갔다. 그때 그녀는 새하얀 옷을 입고 있었는데, 거의 언제나 두 손을 마주 잡고 있었고, 얼굴은 창백했지만 아주 부드럽고 아름다웠다. 두 눈은 너무나 그윽하고 신비해서 나는 종종 생각에 잠겨 그녀를 바라보았다. 마음속으로는 그녀 역시 타인들에 속하는 것인지 아닌지 따져보았다. 그럴 때 그녀는 가끔 내 머리에 손을 얹었는데, 나는 온몸이 떨리듯 오싹해져서 움직이지도, 그렇다고 말도 못하고 계속 그녀의 그윽하고 신비한 눈만 바라볼 뿐이었다. 그녀는 우리와 얘기를 나누는 일은 거의 없이 우리가 노는 모습을 지켜볼 뿐이었다. 우리가 아무리 심하게 날뛰고 떠들어도 불평 한마디 없이 두 손을 흰 이마에 얹고 마치 잠자는 사람처럼 눈을 감고 있을 뿐이었다. 그러나 어떤 날은 몸이 좋아졌다고 말하며 휴식용 침대에 꼿꼿이 앉아 있을 때도 있었다. 그럴 때는 얼굴에 아침노을처럼 혈기가 돌았고, 우리와 함께 얘기도 나누고 신기한 이야기도 들려주었다. 나는 당시에 그녀가 몇 살이었는지 모른다. 그녀는 많은 것을 남들에게 의존하고 있어서 어려 보였지만, 또한 너무나 진지하고 조용해서 어리지 않은 것 같기도 했다. 사람들은 그녀 이야기를 할 때면 자신도 모르게 낮은 목소리로 소곤거렸다. 그들은 그녀를 천사라 불렀고, 착하고 사랑스럽다는 것 외에 다른 말은 하지 않았다. 나는 그토록 무기력하고 말없이 누워 있는 그녀의 모습을 보면서 그녀는 이제 평생 걸을 수 없을 것이고, 어떤 일도 할 수가 없어서 기쁨이라곤 모를 거라고 생각했다. 그리고 하인들이 그녀를 마침내 영원한 안식처에 내려놓을 때까지 침대에 태워 이리저리 데리고 다닐 것이라고 생각했다. 그럴 때마다 나는 종종 그녀가 왜 이 세상으로 보내졌는지 곰곰이 따져보았다. 그녀는 사실 천사의 품속에서 아주 포근하게 쉴 수도 있었을 것이기 때문이다. 여러 성화에서 보았던 것처럼 천사들은 그녀를 부드러운 날개에 태우고 공중으로 날아다녔을 것이다. 그래서 나는 그녀가 혼자 괴로워하지 않고 고통을 함께 나누도록 내가 그 고통의 일부를 떠안아야 하지 않을까 하는 생각이 들었다. 그러나 나는 이 모든 것을 그녀에게 말해줄 수 없었다. 왜냐하면 나 자신도 사실 잘 몰랐기 때문이다. 다만 어떤 느낌이 들었을 뿐이다. 그렇다고 내가 그녀의 목에 매달리지 않을 수 없다는 느낌은 아니었다. 어느 누구도 그렇게 해서는 안 되었다. 왜냐하면 그것은 그녀를 힘들게 했을 것이기 때문이다. 그러나 나는 가슴 저 깊은 곳으로부터 그녀를 고통에서 벗어나게 해달라고 기도해줄 수는 있을 것 같았다.

어느 포근한 봄날, 그날은 그녀도 우리 방에 와 있었다. 얼굴은 아주 창백해 보였지만, 두 눈은 어느 때보다 그윽하고 밝았다. 그녀는 침대에 앉아 우리들을 자기 곁으로 불렀다. "오늘은 내 생일이야. 그리고 새벽에 견진성사를 받았어." 그녀는 미소를 띠며 자신의 아버지를 바라보고는 계속 말을 이었다. "이제 곧 하느님이 나를 불러들일지도 몰라. …… 난 너희들과 아주 오래 함께 지내고 싶은데도 말이야. 그러나 내가 언젠가 너희들 곁을 떠나게 되더라도, 너희들이 나를 완전히 잊지는 않았으면 좋겠어. 그래서 너희들 모두에게 주려고 반지를 가지고 왔어. 이 반지는 지금은 둘째손가락에 끼어야만 할 거야. 너희들이 더 커서 그 반지가 새끼손가락에 맞을 때까지 계속 옮겨가면서 끼도록 해. 그러면 평생 그 반지를 끼게 될 거야."

이 말을 하며 그녀는 자신의 손에 끼고 있던 다섯 개의 반지를 하나씩 차례로 빼냈다. 그 모습이 너무나 서글프면서도 다정하게 보여 나는 눈물을 흘리지 않으려고 눈을 꼭 감았다. 그녀

는 첫 번째 반지를 큰 남동생에게 주고 키스를 했다. 그러고 나서 두 번째와 세 번째 반지는 두 여동생에게, 네 번째 반지는 막내 남동생에게 건네며 그들 모두에게 키스를 해주었다. 나는 곁에 서서 꼼짝 않고 그녀의 하얀 손을 지켜보고 있었고, 아직 손가락에 반지 하나가 남아 있는 것을 알았다. 그러나 그녀는 몸을 뒤로 기댔고, 기운이 빠진 듯이 보였다. 그때 내 눈이 그녀의 눈과 마주쳤다. 어린아이가 눈빛만으로도 자신의 마음을 명확히 드러내듯이, 그녀도 그렇게 내 마음속에서 일어난 생각을 알아차린 것이 분명했다. 나는 그 마지막 반지만큼은 차라리 받지 않고 싶었다. 왠지 나는 타인이며, 그들과 한가족이 아니며, 그녀가 나를 친동생들만큼 좋아하지 않을 거라는 느낌이 들었기 때문이다. 그러자 가슴 한구석이 마치 핏줄이 터지거나 신경이 끊어지는 것처럼 아파왔다. 나는 이 괴로운 상태를 숨기기 위해 어디에 눈길을 주어야 할지 몰랐다. 그런데 그녀는 몸을 일으키더니 내 이마에 손을 올리고 눈을 뚫어지게 들여다보았다. 그 때문에 나는 내 마음속의 생각을 그녀가 속속들이 다 읽고 있다는 느낌이 들었다. 그녀는 천천히 마지막 반지를 손가락에서 빼내 나에게 주며 말했다. "이 반지는 내가 너희들 곁을 떠날 때

가지고 있고 싶었지만, 네가 이 반지를 끼고 나를 오래 기억해 주는 편이 더 나을 것 같아. 반지에 새겨진 글을 읽어봐. '주님의 뜻대로'라고 되어 있어. 너는 거칠고도 연약한 마음을 지녔어. 살아가면서 그 마음을 다스려서 난폭해지지 않았으면 좋겠어." 그러면서 그녀는 나에게 친동생에게 하듯 키스를 하고 반지를 주었다.

그때 내 마음속에서 어떤 온갖 일들이 벌어졌는지 나는 진정 모른다. 나는 이미 소년으로 성장해 있었고, 병에 시달리는 그 천사의 은은한 아름다움에 내 혈기 넘치는 마음이 매료당하지 않은 것은 아니었다. 나는 여느 소년과 다름없이 그녀를 사랑했다 ─ 그리고 소년들은 진심으로, 꾸밈없이, 순수하게 사랑을 한다. 이런 마음을 청년이 되고 어른이 되어서도 간직하고 있는 사람은 얼마 되지 않는다. 그러나 나는 그녀가 타인들 중 한 사람이고, 그런 사람들에게 사랑한다고 고백해서는 안 된다고 믿었다. 그녀가 나에게 건넨 처음의 몇 마디는 거의 귀에 들어오지 않았다. 다만 그녀의 영혼이 두 인간의 영혼이 가까워질 수 있는 한에서 최대한 가까이 다가와 있다는 것을 느꼈다. 모든 씁쓸한 생각은 사라졌고, 나는 더 이상 혼자가 아니고, 타인이 아니고, 배제된 사람이 아니며, 그녀 곁에, 그녀와 함께, 그녀 내면에 들어 있다는 것을 느꼈다. 그때 나는 그녀가 반지를 주는 것은 희생을 감수한 행동이며, 차라리 그 반지를 무덤으로 가져가고 싶어 했을 것이라는 생각이 들었다. 그러자 다른 모든 감정들을 압도하는 어떤 감정이 내 영혼 앞에 나타났고, 나는 떨리는 목소리로 말했다. "이 반지를 나에게 줄 작정이라면, 차라리 당신이 가지고 있도록 하세요. 왜냐하면 당신 것은 곧 내 것이니까요." 그녀는 나를 한동안 이상하다는 듯이 생각에 잠겨 쳐다보았다. 그러고 나서 그녀는 반지를 받아 손가락에 끼고 내 이마에 다시 한 번 키스를 하고 나서 낮은 목소리로 말했다. "너는 자신이 무슨 말을 하고 있는지도 몰라. 네 마음에 귀 기울이는 법을 배워. 그러면 너는 행복해질 거고, 많은 사람들을 행복하게 해줄 거야."

네 번째 회상

누구에게든 먼지 나고 단조로운 포플러 가로수 길을 걸어갈 때처럼 자신이 어디 있는지도 모른 채 앞으로만 나아가는 시절이 있기 마련이다. 그 시절에 관한 기억 속에는 꽤 먼 길을 지나 왔으며, 나이가 들었다는 서글픈 감정 외에 어떤 것도 남지 않는다.

인생의 강물이 고요히 흘러가는 동안은 자신의 모습은 변함이 없고, 다만 양쪽 물가의 풍경만 바뀌는 듯이 보인다. 그러나 그 후 인생의 폭포들이 나타난다. 그 폭포들은 기억 속에 지워지지 않고 남아 있으며, 거기서 아주 멀리 벗어나 고요한 영원의 바다에 점점 더 가까이 다가간다 하더라도, 그 폭포들이 콸콸거리며 흐르는 소리가 들리는 것만 같다. 그렇다, 우리는 인생에 아직 남아 있는 원동력이 여전히 그 폭포들로부터 수분과 양분을 빨아들이고 있다는 것을 느낀다.

고등학교 시절은 지나가고 설레는 대학 생활의 첫 몇 학기도 지나갔다 ― 그리고 인생의 많은 아름다운 꿈들도 사라졌다. 그러나 아직 유일하게 남아 있는 것이 있다면, 그것은 신과 인간에 대한 믿음이다. 인생은 분명 어린 시절 짧은 생각으로 그려 보았던 것과는 달랐다. 대신 모든 것이 더 높은 수준에 도달했고, 특히 인생에서 이해할 수 없고 괴로운 일들이 나에게는 이 세상에 신의 의지가 어디에나 존재한다는 증거로 변했다. '주님의 뜻이 아니라면 그 어떤 사소한 일도 그대에게 일어나지 않으리라.' 이것이 내가 모아놓은 간명한 삶의 지혜였다.

이제 나는 여름방학 동안 다시 고향 소도시로 돌아왔다. 재회란 얼마나 큰 기쁨이던가! 어느 누구도 설명해주지 않았지만, 다시 만나고, 다시 보고, 다시 기억해내는 것이 거의 모든 기쁨과 즐거움의 비결이다. 우리가 처음으로 보고 듣고 맛보는 것, 그것은 멋지고 대단하고 기분 좋은 일일지도 모른다. 그러나 그것은 너무 생소하고 자극적이어서 느긋이 즐길 수가 없다. 그리고 그것을 즐기려면 거기서 얻는 즐거움 그 자체보다 더 많은 노력이 필요하다.

그러나 곡을 다 잊어버린 것으로 믿었던 옛 노래가 수년의 세월이 지난 뒤 마치 오랜 친지에게 인사를 하듯 다정하게 들려오는 것에 귀 기울여보는 것. 수년이 지난 뒤에 다시 한 번 드레스덴의 산 시스토 성모상 앞에 서서 아기 예수의 무한을 향한 시선이 한 해 한 해 우리 내면에서 일깨워주었던 그 모든 감정들을 되살려보는 것. 학창 시절 이후로 한 번도 떠올려본 적이 없는 어떤 꽃의 향기를 몸소 맡아보거나 어떤 음식을 다시 맛보는 것. 이러한 것들은 너무나 참된 기쁨을 가져다주어서, 우리는 현재의 느낌을 더 기뻐하고 있는지 아니면 과거의 기억을 더 즐기고 있는지 알지 못할 정도다.

그런 까닭에 우리가 오랜 세월이 지난 후 다시 한 번 자신의 고향에 들어서면, 그때는 자신도 모르게 기억의 바다 속에서 헤엄을 친다. 그리고 출렁이는 물결들이 꿈결처럼 마음을 흔들어 우리를 한참 지난 시절의 해안으로 데려간다.

시계탑에서 시간을 알리는 종이 울리면 사람들은 지각이구나 싶어 깜짝 놀라지만, 뒤이어 정신을 차리고 괜한 걱정을 했다고 안도한다. 개 한 마리가 길을 건너간다 ─ 이전에 우리가 멀찍이 피해 다녔던 바로 그 녀석이다. 여기 길거리에 늙은 노파가 앉아 사과를 팔고 있다. 우리는 이전에 그토록 먹음직스러워 보였던 그 사과들이 먼지가 잔뜩 묻어 있기는 하지만 지금도

이 세상 어떤 사과들보다 틀림없이 더 맛있을 것이라고 믿는다.
저기 어떤 집이 헐리고 새 집이 들어섰다. 우리의 옛 음악 선생
님이 살던 집이다. 그분은 돌아가셨다. 그러나 여름날 저녁 여
기 창틀 아래에 서서 돌아가신 그분이 하루의 일과를 마치고 약
간의 즐거움을 누리기 위해 연주하던 즉흥곡을 듣는 것은 얼마
나 멋진 일이던가. 그것은 마치 증기기관이 온종일 모아두었던
불필요한 증기를 전부 쿵쾅거리며 뿜어내는 소리 같았다.

여기 이 낮은 나뭇가지들로 덮인 오솔길은 − 그런데 당시에
는 배나 높아 보였다 − 내가 어느 날 저녁 늦게 집으로 돌아오
다 이웃의 예쁜 여학생을 만났던 곳이다. 당시에 나는 그 아이
를 감히 쳐다보거나 말을 걸어볼 엄두도 내지 못했다. 그러나
우리 남학생들 사이에서 그 아이는 꽤나 인기가 높았으며, 그
아이를 예쁜이라고 불렀다. 그녀가 멀리서 걸어오는 모습이 보
이면, 나는 너무나 가슴이 벅차 언젠가 한번 말을 걸어봐야겠다
는 생각조차 할 수 없었다. 그렇다, 교회 묘지로 향하는 이 아담
한 오솔길에서 나는 어느 날 저녁 그녀와 마주쳤다. 서로 말 한
마디 나눠본 적도 없는데 그녀는 내 팔을 붙들고 함께 집으로
가자고 했다. 나는 그 길을 걸어가는 동안 내내 단 한 마디 말도
하지 않았고, 그녀 역시 마찬가지였을 것이다. 그러나 나는 너
무나 가슴이 두근거려 수년이 지난 지금에도 그 일을 떠올릴 때
면, 다시 그 시절로 돌아가 한번쯤 말없이 행복하게 그 '예쁜이'
와 나란히 집으로 돌아갈 수 있었으면 하고 바란다.

이런 식으로 기억들이 하나씩 차례로 떠오르다 마침내 물결
처럼 얼굴을 덮쳐 가슴에서 긴 한숨이 새어 나온다. 그 한숨은
오로지 생각에만 몰두해서 숨 쉬는 것조차 잊어버렸다는 경고

의 표시다. 그러자 그 모든 꿈의 세계가 마치 부활한 유령이 새벽녘 수탉의 울음소리에 놀라 사라지듯 황망히 사라져버린다.

그런데 낡은 성과 보리수나무들 곁을 지나가면서 말을 탄 경비병들과 높다란 계단을 보자 — 그 순간 내 마음속에서 온갖 기억들이 떠올랐다! 이곳은 무척이나 변해 있었다! 수년 전부터 나는 성에 드나들지 않았다. 영주 부인은 죽었고, 영주는 은퇴해서 이탈리아로 물러갔으며, 나와 함께 성장한 큰 공자가 대신 집무를 맡고 있었다. 그의 주변에 몰려드는 사람들은 주로 젊은 귀족들과 장교들이었고, 그는 그들과 환담하고 어울리는 것을 좋아해서 이전의 놀이 친구인 나와는 금세 소원해지게 되었다. 거기에 또 다른 사정들이 겹쳐서 우리의 소년 시절의 우정은 틈이 벌어지게 되었다.

독일 국민들의 궁핍한 생활과 통치자들의 무책임한 행위들을 처음으로 알아차린 젊은이라면 누구나 그렇듯이, 나는 금세 자유주의 진영의 몇 가지 말투를 몸에 익혔고, 영주의 궁정에서 그런 말투는 거의 명망 있는 목사 집안에서 불경한 표현을 사용하는 것과 마찬가지로 들렸다. 아무튼, 나는 수년 전부터 발길을 완전히 끊어버렸다.

    그렇지만 그 성에는 내가 매일처럼 이름을 부르고, 끊임없이 생각했던 인물이 살고 있었다. 나는 오래전에 이미 그녀를 평생 다시는 만나지 못하리라는 생각에 익숙해져 있었다. 그렇다. 그녀는 서서히 현실에서는 존재하지 않고, 존재할 수도 없는 그런 인물로 여겨지기 시작했다. 그녀는 나의 착한 천사가 되었다 — 그녀는 내가 내 자신을 대신해서 말을 거는 또 다른 분신이었다. 어떻게 해서 그녀가 그렇게 변했는지는 나 자신도 이해할 수 없었다. 그녀에 관해서는 아는 것이 거의 없었기 때문이다. 다만 우리 눈이 때때로 구름을 어떤 형상으로 바꿔 보듯이, 나는 상상을 통해 어린 시절의 하늘에 이 아련한 모습들을 마법처럼 불러냈다. 현실 속의 희미한 윤곽이 상상 속에서 완벽해지는 듯한 느낌이 들었다. 나의 생각은 모두 어느새 그녀와의 대화로 변했으며, 나의 내면의 특별한 모든 것, 내가 이루려고 노력하는 모든 것, 내가 믿는 모든 것, 다시 말해 나의 더 나은 모습으로 그려보는 모든 것이 그녀의 한 부분을 이루고 있었다. 나는 그것을 그녀에게 바쳤고, 그것은 또한 나의 착한 천사인 그녀의 입에서 시작된 것이기도 했다.

    고향 집에서 지낸 지 며칠 되지 않은 어느 날 아침 나는 편지한 통을 받았다. 그것은 영어로 적혀 있었고, 마리아 백작에게서 온 것이었다.

친애하는 친구여,

그대가 이곳에서 잠시 머문다는 소식을 들었어요. 우리가 만나지 못한 지 수년이 흘렀군요. 만약 괜찮다면 오랜 친구를 다시 만나보고 싶군요. 오늘 오후 스위스 별채에서 기다리겠어요.

당신의 친구, 마리아

나는 곧바로 오후에 찾아가겠다는 답장을 역시 영문으로 써 보냈다.

스위스 별채는 궁정의 한쪽 측면에 정원을 향해 뻗어 있어서 성 안뜰을 가로지르지 않고서도 그곳에 도달할 수 있었다. 내가 정원을 지나 그 별채를 향한 때는 오후 다섯 시였다. 나는 온갖 감정들이 솟아오르는 것을 억누르고 격식을 차린 대화를 나눌 결심을 했다. 나는 내 마음속의 착한 천사를 달래고, 지금 이 여자는 나 자신과 조금도 관계가 없다는 점을 확신시키려고 노력했다. 그러나 아무리 애를 써도 마음이 불편한 것은 여전했고, 나의 착한 천사도 나에게 용기를 북돋워주려 하지 않았다. 마침내 나는 마음을 다잡고 인생은 가장무도회에 지나지 않는다는 말을 혼자 중얼거리며 반쯤 열려 있는 문을 노크했다.

방 안에는 낯선 여자 외에는 아무도 없었다. 그녀 역시 나에게 영어로 말을 걸었고, 백작이 곧 나올 것이라고 말하고 나가버렸다. 그래서 나는 혼자 방을 여유롭게 둘러볼 수가 있었다.

방의 벽들은 참나무 목재로 되어 있었고, 사면을 빙 두르고 있는 망으로 된 격자 울타리를 따라 담쟁이넝쿨이 넓은 잎으로 방 전체를 온통 뒤덮고 있었다. 책상과 의자는 모두 참나무 목재로 조각을 새겨 넣었고 바닥은 나무 널빤지로 짜맞추어져 있었다.

이 방에서 너무나 친숙한 물건들을 보고 있자니 묘한 느낌이 들었다. 어떤 물건들은 우리가 옛날에 성에서 함께 놀던 시절부터 친숙한 것이었지만, 다른 것들, 더 정확히 말해 그림들은 새로운 것이었다. 그러나 그림들도 내가 대학의 기숙사 방에 걸어둔 것과 같은 것들이었다. 가령 피아노 위에는 내가 골랐던 것과 똑같은 베토벤, 헨델, 멘델스존의 초상화들이 걸려 있었다.

한쪽 구석에는 내가 늘 고대의 가장 아름다운 조각상이라고 여겼던 밀로의 비너스상이 세워져 있었다. 여기 책상 위에는 단테, 셰익스피어의 책들, 타울러 설교집, 《독일 신학》, 뤼커르트 시집, 테니슨, 번즈의 시집들, 칼라일의 《과거와 현재》가 놓여 있었다. 모두가 내 방에 비치되어 있고, 얼마 전까지만 해도 내가 손에 들고 다녔던 그런 책들이었다. 나는 곰곰이 생각해보다가 머리를 흔들어 생각들을 다시 지워버렸다. 고인이 된 영주부인의 초상화 앞에서 발길을 멈추었을 때, 마침 문이 열렸다 ― 그리고 내가 어릴 적에 그토록 자주 보았던 하인 두 명이 그녀를 휴식용 침대에 태우고 방으로 들어왔다.

얼마나 반가운 모습이던가! 그녀는 하인들이 방을 나갈 때까지 아무 말도 하지 않았고, 얼굴은 호수처럼 고요했다. 그러고 나서 그녀의 눈길은 나를 향했고 ― 옛날의 그윽하고 신비한 그 눈길이었다 ― 얼굴은 시시각각 생기를 찾았다. 마침내 그녀는 얼굴 전체에 미소를 띠며 말했다.

"우리는 오랜 친구예요. 서로 변한 것이 없는 것 같군요. 말을 높일 수도 없고…… 그렇다고 터놓고 말해서도 안 된다면, 영어로 하는 수밖에 없군요. 두 유 언더스탠드 미?"

나는 이런 영접을 받으리라고는 미처 생각도 못했지만, 여기서는 가면무도회가 벌어지고 있는 것이 아니라는 사실을 깨달았다. 여기 한 인간을 열망하는 한 인간이 있다 ― 지금은 마치 두 친구가 변장을 하고 검은 가면을 쓴 듯했지만 그럼에도 불구하고 눈빛만 보고서도 서로를 알아보며 인사말을 듣고 있었다. 나는 그녀가 내미는 손을 잡으며 말했다. "천사에게 말을 걸 때 딱딱한 격식을 차릴 필요는 없겠죠."

　하지만, 우리 삶의 격식과 관습의 위력이란 얼마나 기묘하며, 가장 가까운 사람들과도 타고난 언어로 말하는 것이 얼마나 힘든 일이던가! 대화는 중간 중간 막혔고, 우리 두 사람은 순간적으로 당혹감을 느꼈다. 내가 침묵을 깨고 방금 머릿속에 떠오른 생각을 말했다. "사람들은 젊어서부터 새장 속에 갇혀 지내는 데 익숙해져서, 비록 자유로운 곳으로 나가더라도 날개를 펼칠 엄두도 내지 못하고, 날아오르면 곳곳에 부딪힐 거라고 두려워하죠."

　"맞아요. 그렇지만 그것도 나름대로 좋은 것이고, 달리 어떤 방도도 없어요. 사람들은 물론 때때로 새처럼 살 수 있기를 바라죠. 새들은 숲속을 날아다니고, 나뭇가지에서 서로 만나고,

서로 인사를 나누지 않아도 함께 노래를 부르니까요. 그러나, 친구, 새들 중에는 올빼미와 참새도 있어요. 우리가 살아가면서 그들 곁을 전혀 모르는 것처럼 지나칠 수 있는 것도 좋은 일이에요. 인생이란 사실 어쩌면 시와 비슷할 거예요. 진정한 시인이란 가장 아름답고 가장 참된 것을 정형화된 형식으로 표현할 수 있듯이, 인간도 생각과 감정의 자유를 사회의 속박에도 불구하고 지킬 수 있어야 해요."

나는 플라텐의 시를 떠올리지 않을 수 없었다.

세상 어디에서나

영원한 것으로 입증되는 것,

그것은 정형화된 표현 속에서도 드러나는

자유분방한 정신이로다.

"정말이에요." 그녀는 다정하면서도 장난꾸러기 같은 미소를 지으며 말했다. "그러나 나는 특권을 가지고 있지요. 그것은 내 병과 고독이에요. 나는 자주 처녀 총각들이 사랑, 혹은 우리가 흔히 사랑이라 부르는 것을 염두에 두지 않고서는 서로 친분과 신뢰를 나누지 못하는 것을 아쉽게 생각해요. 그것 때문에 그들은 많은 것을 잃고 있어요. 처녀들은 자신의 마음속에 깃들어 있는 무언가가 소중한 남자친구의 진지한 위로의 말을 통해 일깨워질 수 있다는 걸 몰라요. 그리고 여자들이 남자들의 내면의 갈등을 멀리서 조용히 지켜볼 수 있다면, 그들은 기사도 덕목들을 되찾게 될 거예요. 하지만 그것은 불가능해요. 왜냐하면 거기에는 항상 사랑, 혹은 우리가 흔히 사랑이라 부르는 게 개입되니까요. 다시 말해 두근거리는 가슴, 폭풍처럼 밀려드는 희망, 예쁜 얼굴을 대하는 기쁨, 달콤한 감정, 어쩌면 영악한 이해 타산까지 — 요컨대, 바로 순수하고 인간적인 사랑의 참모습이라 할 바다의 고요를 깨뜨리는 모든 것들이 개입되는 거죠."

그때 그녀는 갑자기 말을 중단했다. 고통스러운 표정이 그녀의 얼굴을 스쳐갔다. "오늘은 더 이상 말을 해서는 안 돼요. 의사 선생님이 그렇게 못하도록 하셨어요. 나는 멘델스존의 노래를 한 곡 듣고 싶은데…… 이중주 말이죠. 내 어린 시절의 친구는 수년 전에 그 곡을 연주할 수 있었던 것 같은데, 그렇지 않나요?"

나는 아무 말도 할 수 없었다. 왜냐하면 그녀가 말을 중단하고 두 손을 이전처럼 맞잡았을 때, 바로 그때 나는 그녀의 손에 낀 반지를 보았기 때문이다 ― 그녀는 그 반지를 새끼손가락에 끼고 있었다. 그것은 그녀가 나에게 주었고, 내가 그녀에게 다시 주었던 반지였다. 말로 표현하기에는 너무나 많은 생각들이 밀려들었고, 그래서 나는 피아노 앞에 앉아 연주를 시작하지 않을 수 없었다.

연주를 마치고 나는 고개를 돌려 그녀를 바라보며 말했다. "우리가 이렇게 말하지 않고 곡으로 대화를 나눌 수 있다면 얼마나 좋을까요."

"그렇게 할 수 있어요. 나는 모두 다 알아들었어요. 그러나 오늘은 더 이상 안 되겠군요. …… 하루가 다르게 점점 더 허약해지고 있으니까요. 자, 이제 우리는 서로에게 적응해야겠군요. 불쌍하고 병든 외톨이인 이 몸이 관용을 좀 기대해도 괜찮겠죠. 우리 내일 저녁 같은 시간에 만나요. 그럴 거죠?"

나는 그녀의 손을 잡고 예의를 갖춰 키스를 하려고 했다. 그러나 그녀는 내 손을 꼭 붙들고 힘을 주며 말했다. "이것으로 됐어요. 굿바이!"

다섯 번째 회상

　내가 어떤 생각을 품고, 어떤 감정을 느끼며 집으로 돌아왔는지 말로 설명하기 힘들다. 인간의 마음은 결코 말로 온전하게 옮길 수 없으며, 지극히 기쁘거나 지극히 괴로운 순간에는 누구나 하게 되는 '말없는 생각'이라는 것이 있다. 내가 느낀 것은 기쁨도 괴로움도 아니었다 – 그것은 말로 표현할 수 없는 경이로움이었다. 나의 내면에서는 생각들이 이리저리 날아다녔다. 그것은 마치 하늘에서 땅으로 떨어지려 하지만 땅에 도달하기도

전에 모두 불타 없어지는 별똥별 같았다. 우리가 가끔씩 꿈속에서 '이건 꿈이야' 하고 스스로를 타이르듯이, 나는 혼자 '이건 현실이야. 그녀가 틀림없어' 하고 말했다. 그런 다음 다시 정신을 차리고 침착해지려고 노력했다. 나는 그녀가 사랑스러운 여자이며, 정말 뛰어난 심성을 지닌 인물이라고 중얼거렸다. 또 가여운 여자라는 생각이 들기도 했다. 다음으로 나는 방학 동안 그녀 곁에서 즐겁게 보내게 될 멋진 저녁 날을 머릿속에 그려보았다. 그러나 아니었다 − 내 생각은 그런 것이 아니었다. 그녀는 정말 내가 추구하고, 생각하고, 기대하고, 믿어왔던 그 모든 것이었다 − 여기에 마침내 한 인간의 영혼, 봄날 아침처럼 맑고 신선한 영혼이 있었다. 사실 나는 첫눈에 그녀의 상태와 생각을 모두 알아보았다 − 우리는 인사를 나누는 순간부터 서로 마음이 통했던 것이다. 그리고 내 마음속의 착한 천사! 그 천사는 이제 나에게 대답을 주지 않았다. 그 천사는 떠나갔다. 이제 그 천사를 다시 찾을 수 있는 곳은 이 세상 단 한 곳뿐이라는 느낌이 들었다! 멋진 생활이 시작되었다. 나는 매일 저녁 그녀를 찾아갔고, 우리는 곧 정말로 오랜 친구라서 격의 없이 말을 나눌 수밖에 없음을 느꼈다. 우리는 늘 곁에서 함께 살아온 것 같은 기분이었다. 그녀가 불러일으키는 감정들 중 이미 내 마음속에서 울려 퍼지지 않은 것은 없었고, 내가 말한 생각들 중 그녀가 '나도 그렇게 생각했어요' 하는 표시로 다정하게 고개를 끄덕이지 않은 것은 없었기 때문이다. 나는 이전에 이 시대의 가장 위대한 음악가가 누이와 함께 피아노로 즉흥곡을 연주하는 것을 들은 적이 있다. 그때 나는 어떻게 두 사람이 자신의 악상을 마음껏 펼치면서도 단 한 군데의 화음도 깨뜨리지 않을 정도로 서로를 이해하고 느낄 수 있는지 전혀 이해가 되지 않았다. 이제 나는 그것을 이해할 수 있었다. 그렇다, 나는 이제야 나의 내면이 늘 생각해왔던 것만큼 그리 빈약하고 메마르지 않다는 것을 알았다. 다만 마음속의 모든 싹들과 꽃봉오리들을 피워줄 태양이 없었을 뿐이었다는 느낌이 들었다. 그렇지만 우리 두 사람의 마음을 훑고 지나간 그 봄날은 얼마나 서글픈 계절이었던가! 우리는 5월에는 장미가 곧 시들게 되리라는 사실을 잊어버린다. 그러나 여기서는 밤마다 꽃잎이 하나씩 하나씩 땅으로 떨어지고 있다는 경고의 소리가 들려왔다. 그녀는 그것을 나보다 먼저 느꼈고, 그 말을 꺼냈다. 그렇지만 그것이 그녀에게 큰 괴로움이 되는 것 같지는 않았다. 그리고 우리의 대화는 날이 갈

수록 더욱 진지하고 엄숙해졌다.

"내가 이렇게까지 오래 살 거라고는 생각하지 않았어요." 어느 날 저녁 내가 막 떠나려고 하자 그녀가 말했다. "내가 견진성사를 받던 날 당신에게 반지를 주었을 때, 나는 곧 당신들 곁을 떠날 것이 확실하다고 믿었어요. 그런데도 나는 이토록 오래 살아왔고, 너무나 많은 즐거움을 누렸어요. 물론 많은 괴로움도 겪었지만…… 그런 것들은 곧 잊히지요. 그런데 이제는 이별이 가까워졌다는 느낌이 들어요. 그래서 나에게는 한시간 한시간, 일분 일분이 모두 너무나 소중해요……. 잘 가요! 내일 너무 늦게 와서는 안 돼요."

어느 날 내가 그녀 방으로 들어서자 그곳에는 이탈리아인 화가 한 명이 와 있었다. 그녀는 이탈리아어로 대화를 나누고 있었다. 비록 그 사람은 예술가라기보다 장인이 분명해 보였지만, 그녀는 상냥하고 겸손하고 정중하게 말을 건넸다. 금세 그녀 내면의 타고난 귀족의 품위, 마음의 고결함을 알아볼 수 있었다. 화가가 떠나고 나자 그녀가 말했다. "이제 당신에게 그림을 하나 보여줄게요. 아마 기뻐할 거예요. 원본 작품은 파리의 갤러리에 소장되어 있어요. 나는 그 그림에 관한 글을 읽었고, 저 이탈리아인에게 복제품을 하나 그려달라고 시켰어요." 그녀는 나에게 그림을 보여주었고, 내가 무슨 말을 하게 될지 기대하고 있었다. 그것은 한 중년 남자의 그림이었는데, 옛 독일식 복장을 하고 있었다. 표정은 꿈에 잠긴 듯 몰두해 있었지만 너무나 생생해서, 그 남자가 이전에 실제로 존재했던 인물이라는 사실은 의심의 여지가 없었다. 그림의 전체 분위기는 어둡고 갈색을 띠었다. 그러나 배경은 풍경으로 되어 있었는데, 지평선에는 동터오는 아침의 첫 햇살이 비쳤다. 나는 그 그림에서 특별한 점을 발견할 수 없었지만 만족스러운 느낌이 들었다. 그래서 몇 시간이나 감상을 해도 질리지 않을 것 같았다. 나는 이렇게 말했다. "살아 있는 사람의 얼굴이라 해도 이보다 나을 것 같지는 않아요. 라파엘이라도 이런 그림은 그려내지 못할 거예요."

"그래요. 이제 내가 왜 이 그림을 가지고 싶었는지 말씀드려야겠군요. 나는 이 그림을 어떤 화가가 누구를 모델로 해서 그렸는지 전혀 모른다는 내용을 읽었어요. 중세의 어떤 철학자일 것으로 추정되고 있어요. 그런데 나는 바로 이러한 그림을 소장하고 싶었던 거예요. 알다시피 《독일 신학》의 저자가 누구인지도 모르고, 따라서 그 사람의 초상화가 남아 있지 않기 때문이죠. 그래서 나는 어떤 미상의 화가가 그린 미상의 인물 초상화가 우리 《독일 신학》 저자에게 어울리는지 알아보려고 했던 거예요. 만약 당신이 반대하지 않는다면 이 그림을 '알비파 교도들'과 '보름스 제국회의' 사이에 걸어두고, 이것을 '독일 신학 저자'라고 부르기로 해요."

"좋아요. 다만 이 그림은 프랑크푸르트 출신의 저자 치고는 약간 더 강인하고 남성적인 것 같군요."

"물론 그럴 수도 있겠죠. 그러나 나같이 고통 받으며 죽어가고 있는 인간에게는 그 책이 많은 위안과 의지가 돼요. 그 책을 아주 고맙게 여기고 있죠. 그 책은 무엇보다 기독교 교리의 진정한 비밀을 아주 명료하게 전해주었으니까요. 나는 그 옛날의 설교자가 어떤 사람이었는지 모르지만, 그를 믿고 안 믿고는 전적으로 나의 자유라고 생각해요. 외견상 그의 교리가 나에게 강요된 건 아니니까요. 그런데도 나는 그 교리에 너무나 강하게 사로잡혀 처음으로 계시가 무엇인지 알게 된 것 같았어요. 그리고 아직 우리 자신의 내면에서 인식하기도 전에 기독교 교리가 계시로 다가오기 때문에, 그토록 많은 사람들이 진정한 기독교 정신을 깨닫지 못하고 있는 것이지요. 이 문제 때문에 나는

종종 아주 불안했어요. 그것은 내가 혹시 우리 종교의 진실성과 신성함을 의심했던 적이 없었나 해서가 아니에요. 남들이 그냥 전해준 신앙은 나에게 맞지 않고, 어린 시절부터 제대로 이해하지도 못한 채 익히고 받아들인 신앙은 진정으로 내 것이 아니라는 느낌이 들었기 때문이에요. 누군가가 우리를 대신해서 살거나 죽어줄 수 없듯이, 사실 누구도 우리를 대신해서 믿어줄 수는 없는 것이니까요."

"물론이죠. 여러 가지 격하고 심각한 갈등들이 생기는 이유는 그리스도의 가르침이 사도들과 초기 기독교인들의 마음을 사로잡았던 것처럼 우리의 마음을 거부감 없이 서서히 사로잡는 것이 아니기 때문이에요. 그 가르침은 우리에게 아주 어린 시절부터 권위적인 교회의 신성불가침의 계율로 다가오고, 소위 믿음이라는 무조건적인 복종을 요구하고 있어요. 생각할 수 있는 능력과 진리에 대한 경외심을 가지고 있는 사람이라면 누구나 조만간 가슴속에 의구심이 생겨나기 마련이죠. 그러면 우리가 바로 우리의 신앙을 쟁취하는 올바른 길로 가고 있는 동안에도 내면에서는 의심하고 회의하는 데 대한 두려움이 생겨나고, 새로운 생활을 안심하고 영위하지 못하게 되지요."

그녀가 말을 가로막으며 끼어들었다. "나는 최근에 영어로 된 어떤 책에서 진리가 계시가 되는 것이지, 계시가 진리가 되는 것은 아니라는 글을 읽었어요. 그리고 이 말은 내가 《독일 신학》을 읽으면서 느꼈던 감정을 완벽하게 표현하고 있어요. 나는 《독일 신학》을 읽으면서 그 책이 전하는 진리의 위력을 너무나 압도적으로 느꼈기 때문에 완전히 빠져들지 않을 수 없었어요. 나는 진리, 아니 내 자신을 명확히 깨닫게 되었고, 처음으로 믿음이라는 것이 어떤 것인지 느꼈어요. 진리는 나의 일부이고, 이미 오래전부터 나의 내면에 깃들어 있었어요. 그런데 그 미상의 설교자의 말이 마치 한 줄기 빛처럼 내 마음속으로 뚫고 들어와 내면의 통찰력을 밝혀주고, 어렴풋이 예감하고 있던 것을 아주 명료하게 내 영혼 앞에 보여주었던 것이지요. 내가 일단 우리 인간이 어떻게 믿음을 가질 수 있는지 느낀 후에는 복음서들도 전혀 모르는 사람들이 쓴 것이라 여기며 읽기 시작했어요. 나는 될 수 있는 대로 복음서가 성령에 의해 사도들에게 신비한 방식으로 전해진 것이며, 종교회의에서 승인받았고, 교회로부터 유일하게 복되게 해주는 신앙의 최고 권위서로 인정받았다는 생각을 몰아냈어요. …… 그러자 비로소 기독교 신앙이 무엇인지, 기독교의 계시가 무엇인지 이해하게 되었어요."

"신학자들이 우리들에게서 종교를 모조리 말살시키지 않은 점이 이상할 지경이죠. 그들은 신자들이 심각하게 저지하며 '여기까지만, 더 이상은 안 돼요' 하고 말하지 않는다면 실제로 그렇게 할 거예요. 모든 교회에는 하느님을 섬기는 부류들이 있어야 하지만, 이 세상에서 목사들, 브라만들, 퇀뽀 교주들, 승려들, 라마들, 바리세인들, 율법학자들이 타락시키고 망쳐놓지 않은 종교는 하나도 없었지요. 그래서 그들은 신자들 열에 아홉은 이해하지 못하는 언어로 언쟁과 논쟁을 벌이면서도, 자신들은 복음서로부터 영감을 받아 그 영감으로 남들을 감화시키지도 않아요. 대신 그들은 복음서가 영감을 받은 사람들이 쓴 것이기 때문에, 그것이 왜 진리일 수밖에 없는지에 관한 장문의 증거들을 모으지요. 그러나 그것은 그들 자신의 부족한 믿음을 억지로 감추려는 노력일 뿐이에요. 대체 그들 자신은 보다 더 신비로운 영감을 받아야 마땅하다고 여기지 않으면서도, 복음서를 작성한 사람들이 신비한 방식으로 영감을 받았다는 사실을 어떻게 안단 말인가요? 그 때문에 그들은 영감을 받는 능력을 교회의 수장들에게까지 확대시키고, 심지어 종교회의 결의에서 다수를 차지했던 사람들에게까지 그 능력이 있다고 여기지요. 그러면 이제 다시금 '50명의 주교들 중 26명은 영감을 받았고, 24명은 받지 않았다는 것을 어떻게 아는가?' 하는 문제가 생겨나요. 그래서 사람들은 마침내 최후의 필사적인 수단을 강구해요. 안수를 내리는 것을 통해 영감과 무오류성이 오늘날에 이르기까지 교회의 수장들에게 내재해 있으며, 따라서 무오류성, 다수결, 영감은 그 어떤 내면의 확신, 모든 헌신, 모든 종교적 직관도 필요하지 않다고 말해요. 그렇지만 이 모든 중간 연결 고리들에도 불구하고 우리에게는 첫 번째 문제가 너무나 명확하게 되돌아오지요. 그것은 '만약 B가 A와 같은 정도로 혹은 더 많은 영감을 받지 않았다면, B는 어떻게 A가 영감을 받았다는 사실을 알 수 있는가?' 하는 것이죠. 왜냐하면 자신이 영감을 받는 것보다 A가 영감을 받았는지 알아내는 데는 더 많은 능력이 필요하기 때문이죠."

"나 자신은 그토록 명확히 파악하지는 못했어요. 그러나 나는 종종 누군가가 사랑하고 있는지 아는 것이 얼마나 힘든 일일까 하는 생각이 들었어요. 왜냐하면 날조될 수 없는 명확한 사랑의 징표란 없기 때문이죠. 그래서 나는 경험을 통해 사랑을 잘 아는 사람을 제외하고는 아무도 누군가가 사랑하고 있다는 것을 알 수 없으며, 사랑에 관해 잘 아는 사람도 자기 자신의 사랑을 믿는 만큼만 다른 사람의 사랑을 믿게 될 것이라고 생각했어요. 사랑을 알아차리는 능력이 이렇듯이, 성령을 받아들이는 능력 문제도 마찬가지일 거예요. 성령이 내린 사람들은 하늘에서의 작은 속삭임도 심한 바람소리로 알아듣고, 마치 혀가 갈라지는 것처럼 불길이 이는 것을 봐요. 그러나 그렇지 않은 사람들은 깜짝 놀라 넋을 잃거나, 그들을 조롱하며 '완전히 정신이 나갔다'고 말하지요." 그리고 잠시 후 그녀는 이렇게 말을 이었다.

"하지만 이미 말했듯이 내가 신앙을 가지는 법을 배우게 된 것은 《독일 신학》 덕분이에요. 그리고 많은 사람들이 그 책의 결점으로 여기는 것이 나에게는 가장 강한 확신을 심어주었어요. 다시 말해, 그 옛날 설교자는 자신의 글을 엄격하게 입증하겠다는 생각을 하는 것이 아니라, 그것을 마치 씨앗처럼 뿌리는 거죠. 몇 알의 곡식이 기름진 땅에 떨어져 수천 배의 결실을 맺으리라는 기대에서 말이죠. 그래서 우리의 주님도 자신의 가르침을 결코 입증하려 하지 않았어요. 진리를 완전히 깨우치면 증명이라는 형식이 불필요하기 때문이죠."

"그래요" 하고 나는 그녀의 말을 중단시켰다. 나는 스피노자가 자신의 《윤리학》에서 보인 이상한 증명의 연속을 떠올리지 않을 수 없었기 때문이다. "그래서 나는 스피노자가 주도면밀하게 증명해나가는 것을 보면서, 이 명석한 사상가가 자신의 학설을 전적으로 믿을 수 없었고, 바로 그 때문에 그물코 하나하나를 그토록 세심하게 단단히 조여야 할 필요성을 느꼈을 것이라는 인상을 받았어요. 그렇지만……." 나는 이렇게 말을 계속했다. "나 역시 《독일 신학》에서 많은 자극을 받은 것은 사실이지만, 그 책에 그토록 찬사를 보내는 것에는 공감하지 않는다는 사실을 밝혀야 할 것 같군요. 나는 그 책에는 인간적인 면과 시적인 면, 무엇보다 현실적인 것에 대한 따뜻한 감정과 경외감이 부족하다고 여기고 있어요. 14세기의 모든 신비주의는 사전 준비 단계로서 유익하지만, 그것은 루터에게서 발견하는 바와 같이 지극히 복되고 용기 있게 현실 생활로 회귀하는 것에서 비로소 해결이 가능했지요. 인간은 살아가면서 한번쯤 자신의 무가치함을 깨달아야 하며, 인간은 제 스스로는 아무것도 아니며, 자신의 본질, 자신의 기원, 자신의 영생은 초지상적이고 불가해한 것에 뿌리를 두고 있다는 것을 느껴야만 해요. 이것이 신에게로 되돌아가는 길이에요. 이것은 지상에서는 결코 이루어지지 않지만, 마음속에 다시는 멈추지 않는 신에 대한 향수를 남겨주죠. 그러나 인간은 신비주의자들이 주장하듯이 창조 행위를 무력화시킬 수는 없어요. 인간은 무에서, 다시 말해 오직 신에 의해 그리고 신으로부터 만들어졌지만, 스스로 자신을 다시 무로 되돌릴 수는 없어요. 타울러도 그토록 자주 언급하는 자기 말살은 불교도들이 말하는 니르바나열반, 혹은 인간의 영혼이 몸에서 떠나는 것 이상은 아니에요. 그래서 타울러는 '만약 인간이 지고의 존재인 신에 대한 엄청난 경외심과 사랑 때문에 무의 존재로 변하고 싶다면, 그 인간은 그분 앞에서 지극히 깊은 심연 속으로 떨어지는 것도 주저하지 말아야 할 것이다'고 말해요. 그러나 피조물을 이렇게 무로 되돌리는 것은 창조주의 뜻이 아니었지요. 그분이 바로 피조물을 만들어냈으니까요. 아우구스틴은 '인간이 신으로 변하는 것이 아니라, 신이 인간의 모습으로 변한다'고 주장해요. 그러므로 신비주의는 불에 의한 신의 심판 이상이 되어서는 안 되지요. 불의 심판은 인간의 영혼을 단련시키지만, 솥에서 끓는 물처럼 그 영혼을 증발시켜 없애지는 않아요. 자신의 무가치함을 깨달은 자는 자기 자신을 신적인 존재의 진정한 반영으로 인식해야 해요. 《독일 신학》에선 이렇게 말했죠.

지금 흘러나온 것은 진정한 실체가 아니며, 오직 완전자 속에만 실체를 두고 있다. 그것은 우연적인 현상이거나 광채와 광선이다. 광채와 광선은 실체가 아니며, 마치 태양이나 촛불처럼 오직 빛이 흘러나오는 불꽃 속에만 실체를 두고 있다.

그러나 신적인 존재에서 흘러나오는 것은 비록 그것이 한 줄기 불빛에 지나지 않는다 하더라도 신의 실체를 내포하고 있지요. 그래서 우리는 실로 '불이 밝혀주지 않고, 태양이 빛나지 않는다면, 혹은 창조주에게 피조물이 없다면 어떻게 된단 말인가?' 하고 질문을 하고 싶을 거예요. 그러나 이 질문에는 이런 구절이 매우 적절하게 해명해주지요.

어떤 인간, 어떤 피조물이든 신의 비밀스런 의지와 계획을 알아내고 깨닫기를 열망한다면, 그것은 아담과 악마가 한 짓을 열망하는 것과 다르지 않다.

그러니 우리로서는 자신을 신적인 존재의 반영으로 여기고, 그것이 내비칠 때까지 갈고닦는 것으로 충분할 거예요. 우리를 충만하게 비춰주는 신의 빛을 누구도 가리거나 꺼버려서는 안 되며, 주변의 모든 것을 비추고 따뜻하게 해주도록 그 빛을 발산시켜야 해요. 그러면 우리는 핏줄 속에서 활활 타오르는 불길을 느끼고, 힘차게 살아가기 위한 더욱 높은 긍지를 느끼지요. 아무리 사소한 임무라도 그것은 우리에게 신을 떠올리게 해주고, 현세의 것이 신적인 것으로 변하고, 순간적인 것이 영원한 것으로 변하며, 우리의 삶 전체가 신의 품속에서 보내는 삶이 되지요. 신은 영원한 안식이 아니라 영원한 삶이에요. 그런데 앙겔루스 실레지우스가 '신은 의지가 없다'고 말한 것은 그가 이 사실을 잊고 있었기 때문이죠. 그 시는 이런 내용이에요.

우리는 주여, 당신의 뜻이 이루어지도록 하소서, 하고 기도한다.
그런데도 보라, 신은 의지가 없고 영원히 침묵을 지킨다."

그녀는 내 말을 참을성 있게 듣고 잠깐 곰곰이 생각하더니 이렇게 말했다. "당신이 말하는 신앙을 위해서는 건강과 기력이 필요해요. 그렇지만 살아가기에 지쳐 안식과 잠을 간절히 바라는 사람들도 있어요. 이들은 너무나 외로움을 느끼기 때문에, 비록 신의 품속에서 편안히 죽는다 하더라도, 세상 사람들이 자신을 그리워하지 않는 만큼 자신도 세상 사람들을 아쉬워하지 않아요. 이들이 신적인 것에 완전히 몰입할 수 있는 것은 하늘에서의 안식에 대한 기대 때문이에요. 그렇게 할 수 있는 이유는 어떤 유대도 이들을 이 세상에 묶어두지 않기 때문이며, 안식을 바라는 소망 외에 어떤 소망도 이들의 마음을 흔들 수는 없기 때문이죠.

안식은 최고의 것이며, 만약 신이 안식이 아니라면,
나는 신 앞에서조차 두 눈을 감고 외면하리라.

그러나 당신은 그 《독일 신학》의 저자도 부당하게 평가하고 있어요. 그 사람은 비록 외면적인 생활의 무의미함을 설교하지만, 그 생활이 말살되는 것을 보고 싶어 하는 것은 아니에요. 나에게 28장을 좀 읽어줘요."

내가 그 책을 들고 읽어주는 동안 그녀는 눈을 감고 경청했다.

"그리고 합일이 실제로 이루어져 실체로 변하게 되면, 그때는 내면의 인간은 이제부터 합일 속에서 흔들림 없이 지내게 되고, 신은 외면의 인간을 이 사람에서 저 사람으로 이리저리 흔들리게 만든다. 이것은 필연적으로 그렇게 되고 또 그렇게 이뤄져야 하니, 외면의 인간은 다음과 같이 말하고 실제로도 그렇게 된다. '나는 존재하고 싶지도 없어지고 싶지도 않으며, 살고 싶지도 죽고 싶지도 않으며, 알고 싶지도 모르고 싶지도 않으며, 행하고 싶지도 그만두고 싶지도 않으며, 이와 비슷한 모든 것도 원하지 않는다. 오히려 필연적으로 그렇게 되어야 하고 이뤄져야만 하는 모든 것, 그것에 대해 나는 수동적으로든, 능동적으로든 상관없이 기꺼이 순종하리라.' 그러므로 외면의 인간은 이유를 따지거나 요구를 하지 않고, 오직 영원한 뜻에 따르기만 하면 된다. 왜냐하면 실제로 내면의 인간은 흔들림 없이 지내고, 외면의 인간은 필연적으로 흔들려야만 한다는 사실이 인식되기 때문이다. 그리고 내면의 인간이 외면의 인간의 흔들림에 대한 이유를 찾는다면, 그것은 다름 아닌 영원한 의지에 따른 필연과 당위라는 사실을 깨우치기 때문이다. 그리고 신 자신이 인간으로 여겨지거나 인간으로 변한 곳에서도 역시 이와 똑같다. 이것을 우리는 그리스도에게서 명확히 깨닫는다. 이러한 합일이 성스러운 빛으로부터 생겨나고, 그 빛 속에서 지속되는 곳에서도 정신적인 교만도 경솔한 방종이나 분방한 기질도 찾아볼 수 없고, 끝없는 겸손과 풀 죽고 한없이 침울한 마음, 정직과 성실, 평등과 진리, 평온과 만족 그리고 덕목들에 속하는 모든 것들이 발견될 것이다. 이런 것들이 없는 곳에서는 앞서 이미 언급했던 진정한 합일은 없다. 왜냐하면 위에서 열거한 모든 것이 이러한 합일에 도움이 되지 않거나 소용이 없듯이, 그것을 교란시키거나 방해할 수 있는 모든 것도 마찬가지이기 때문이다. 다만 자신의 독자적인 의지를 가진 인간만이 합일에 심각한 방해가 될 뿐이다. 이 점을 명심할지어다."

"그만 됐어요." 그녀가 말했다. "이제 우리가 서로 이해할 것이라고 믿어요. 그 미상의 《독일 신학》 저자는 또 다른 곳에서 더욱 분명하게 주장해요. '어떤 인간도 죽음 앞에서 의연하지 못하며, 신과 결합된 인간은 신의 손 혹은 신이 거주하는 전당과 같아서 신이 원하는 것 외에 어떤 것도 스스로 하지 않는다.

······ 그리고 신에 사로잡힌 인간은 그것을 아주 분명히 느끼기는 하지만, 드러내지 않고 사랑의 비밀처럼 소중하게 간직하며, 신의 품속에서의 생활을 유지한다.' 나는 종종 내 자신이 저 창문 앞에 서 있는 은백양나무 같다는 생각이 들어요. 저 나무는 지금처럼 저녁에는 아주 고요하고, 잎도 떨리지 않고, 흔들림도 없어요. 그러나 아침 바람이 모든 잎들을 움직이고 흔들어도, 가지를 달고 있는 나무줄기는 고요하고 흔들리지 않아요. 마침내 가을이 오면 이전에 흔들렸던 모든 잎들은 땅으로 떨어져서 시들어요. 그러나 나무줄기는 끈질기게 새로운 봄을 기다리죠."

이 세계에 너무나 깊이 빠져 있는 그녀를 나는 방해하고 싶지 않았다. 나 자신도 이러한 생각의 마수에서 힘들여 겨우 빠져나왔을 뿐이다. 그리고 우리는 많은 근심과 슬픔을 가지고 있는 반면, 그녀는 자신에게서 떼어낼 수 없는 올바른 편을 선택한 것이 아닌지도 알 수 없었다.

이렇게 매일 저녁마다 새로운 대화가 이어지고, 매일 밤마다 이 속내를 알 수 없는 여자에 대해 새로운 통찰이 생겨났다. 그녀는 나에게 숨기는 것이 조금도 없었다. 그녀가 말하는 것은 순전한 생각과 느낌 그 자체였다. 그녀가 한 말은 모두가 이미 수년 동안 자신이 품고 있었던 생각임에 틀림없었다. 왜냐하면 그녀는 꽃을 한 아름 꺾은 후에 그것들을 모두 풀밭에 내던져버리는 어린아이처럼 태연하게 자신의 생각을 쏟아냈기 때문이다. 나 자신은 그녀만큼 솔직하게 속마음을 털어놓을 수 없었다. 그리고 그것이 내 마음을 짓누르고 괴롭혔다. 그렇지만 이 사회는 우리에게 관습, 친절, 배려, 신중, 처세라 부르는 끊임없는 기만을 요구하며, 그렇게 해서 우리의 삶 전체를 가면무도회로 만든다. 이러한 끊임없는 기만에도 불구하고 과연 몇 사람이나 뜻이 있다 하더라도 자기 존재의 참모습을 되찾을 수 있겠는가! 사랑조차 하고 싶은 말을 하고, 하고 싶지 않은 말을 묻어두는 것이 허용되지 않는다. 사랑은 자유롭게 인사하고, 쳐다보고, 몰두하는 대신 시인의 상투어를 배우고, 열광하고, 한숨짓고, 희롱하지 않을 수 없는 것이다. 나는 그녀에게 이 사실을 고백하고 '당신은 나를 몰라요' 하고 말하고 싶은 생각이 간절했다. 그러나 거기에 딱히 어울리는 말이 떠오르지 않았다. 그래서 나는 돌아가기 전에 최근에 입수한 아놀드의 시집 한 권을 놓아두고, 그녀에게 시 한 편을 읽어보도록 권했다. 제목은 〈**숨겨진 인생**〉이었다. 그것은 내 마음의 고백이었다. 그런 다음 나는 그녀의 휴식용 침대 곁에 무릎을 꿇고 '잘 있어요' 하고 말했다. 그녀도 '잘 가요'라고 말하며 손을 내 머리 위에 올렸다 — 그때 나는 다시 온몸이 떨렸고, 어린 시절의 꿈들이 내 영혼 속에서 날아올랐다. 나는 떠날 수가 없어서 그녀의 그윽하고 신비로운 눈 속을 들여다보았다. 마침내 그녀의 마음의 평온이 내 마음을 완전히 잠재웠다. 그러고 나서 나는 몸을 일으켜 말없이 집으로 돌아왔다. 그날 밤 나는 바람에 사방으로 윙윙거리며 흔들리는 은백양나무 꿈을 꾸었다. 그러나 가지에서는 잎사귀 하나 움직이지 않았다!

숨겨진 인생

지금 우리 사이에 이토록 가벼이 농담이 오가지만
내 눈에 눈물이 고인 것이 보이는지,
까닭 모를 서글픔이 찾아들기 때문이라.
그래, 진정 우리는 알고 있지,
서로가 농담도 할 수 있고
미소도 지을 수 있다는 것을!

그러나 이 가슴 속엔 무언가 감춰진 것이 있어,

그대의 농담도 그것을 진정시키지 못하고

그대의 환한 미소도 그것을 흩어버리지 못한다네.

잠시 입을 다물고 그대의 손을 내게 건네주고

그대의 맑은 눈으로 내 눈을 마주 보아

그 눈에서 그대의 가장 깊은 속마음을 읽게 해주오!

아, 사랑조차 너무나 약해 그대의 가슴을 열고

속마음을 내보이게 해주지 못하는가?

아, 연인 사이조차 솔직하게 감정을

털어놓게 해줄 힘이 없단 말인가?

수많은 사람들이 자신의 생각을

숨기고 산다는 걸 나는 알고 있었지.

그것이 드러나면 순전한 무관심이나

심지어 비난만 돌아올까 두려워하기 때문이라.

그들이 가식적인 모습으로 산다는 것도 나는 알고 있었지,

다른 사람들뿐 아니라 자신에게도 남남으로 남은 채,

모든 이의 가슴 속에 똑같은 심장이 뛰고 있는데도!

그러나 사랑하는 이여, 우리는 어떤가?

그런 마법 같은 주문이 우리의 가슴과 입을 억눌러서

우리 또한 벙어리로 살아가야 하는가?

아, 그래도 우리들끼리는 잠시라도

서로의 가슴을 터놓고 입을 열 수 있다면!

지금까지 우리는 그렇게 가혹한 운명에 처해 있었기에!

운명은 예견했다,

인간이 얼마나 경박한 아기가 될지,

어떤 잡다한 일들에 마음을 뺏기게 될지,

온갖 다툼에 휘말려 자신의 본성까지

얼마나 쉽게 바꿀지를.

그래서 운명은 경박한 행동을 막아

인간이 타고난 본성을 지키고,

싫더라도 생존의 법칙에 순응하며 살아가도록

우리 가슴속 깊은 곳으로 흐르는

드러나지 않는 인생의 강으로 하여금

알아볼 수 없는 물길을 따라 흘러가게 하였다.

그리고 우리가 이 숨겨진 강을 보지 못하도록,

비록 이 강과 더불어 끝없이 흘러가지만

불확실성 속으로 빨려드는 것처럼 보이도록 해놓았다.

그러나 세상에서 가장 붐비는 거리에서,

소란스럽게 다툼을 벌이는 와중에도 가끔씩은

우리의 숨겨진 인생을 알고 싶어 하는

말로 표현하기 힘든 욕구가 솟구친다.

그것은 우리의 열정과 부단한 정력을

진정한 인생행로를 알아내는 데 쏟고 싶은 갈망이다.

그것은 우리의 가슴 깊은 곳에서 그토록 강하게 뛰는

이 심장의 신비를 알아내고 싶은 욕망이며,

우리의 생각이 어디서 와서 어디로 가는지 알고 싶은 욕망이다

그래서 수많은 사람들이 자신의 가슴 속을 파헤쳐보지만,

누구도 그 깊은 곳까지 도달하지는 못하노라!

그것은 우리가 수천 갈래의 행로를 지나왔고

그 행로마다 의지와 능력을 보여주었지만,

단 한 시간이라도 우리 자신의 행로와 마주쳐

진정한 자신을 찾지는 못했기 때문이지!

우리 가슴을 스치고 지나가는 이름 모를

온갖 감정들 중 하나라도 드러낼 재주가 없어

그것들은 영원히 드러나지 못한 채 흘러가는구나!

그래서 우리가 오랜 세월 동안 내면에 숨겨진 자아를

말로 표현하고 행동으로 드러내려 하지만 허사가 된다.

우리는 유창하게 말하고 그럴듯하게 행동하지만,

그것은 진실된 것은 아니다.

그 후로 우리는 내면의 힘든 노력으로 시달리고 싶지 않아

하찮은 일들이 무수히 일어나는 순간마다

고통을 마비시키는 힘을 달라고 요구한다.

그렇다, 그때마다 우리의 고통은 즉각 마비되어버린다!

그래도 때때로 들릴 듯 말 듯

영혼의 깊은 밑바닥을 뚫고서

마치 까마득히 먼 나라에서인 듯

희미한 메아리가 산들바람에 실려와

살아가는 날마다 우리를 우수에 잠기게 한다.

다만, 아주 드물게도

사랑하는 사람이 우리 손을 맞잡을 때,

시시각각 일어나는 현란한 일들에 싫증이 나

우리 눈이 상대의 눈을 통해 속마음을 명확히 읽을 수 있고,

세상사에 귀먹은 우리 귓전에

사랑하는 사람의 목소리가 부드럽게 울려올 때,

그럴 때 우리 가슴 한구석에서 빗장이 풀리고

들리지 않던 감정의 맥박이 다시 요동치기 시작한다.

그러면 눈길은 내면으로 향하고, 가슴속이 분명히 드러나

뜻한 바를 말하고, 원하는 바를 알게 된다!

그러면 인간은 자신의 인생행로를 깨닫게 되고,

그것이 굽이치며 흐르는 소리를 듣고,

그것이 가로지르는 초원을 보고,

해와 산들바람을 깨닫게 된다.

그리고 여기서 인간이 숨 가쁘게 달려온 경주가,

붙들기 힘든 허깨비 같은 휴식을 끊임없이 갈망했던 경주가

서서히 끝나게 된다.

그의 얼굴에는 서늘한 바람이 스쳐가고,

그의 가슴에는 좀처럼 드문 평온이 넘쳐난다.

그럴 때 그는 자신의 인생이 시작된 언덕과

자신의 인생이 흘러들어 갈 바다를

깨달았다고 여긴다.

여섯 번째 회상

다음날 아침, 방문을 두드리는 소리가 나더니 궁정 주치의인 노의사가 들어왔다. 그는 우리 소도시 사람들 전체의 영혼과 육신을 돌봐주는 은인이었다. 그는 두 세대가 자라나는 것을 지켜보았다. 세상에 태어날 때 그가 곁에서 받아주었던 아이들은 어느새 아버지와 어머니가 되었고, 그는 그들 모두를 친자식처럼 보살펴주었다. 그는 독신이었지만, 나이에 비해 아직 정정하고 멋진 모습이라 할 수 있었다. 그는 한결같았던 예전의 모습 그대로였다. 짙은 눈썹 밑의 밝고 푸른 두 눈은 초롱초롱했다. 머리는 허옇게 세었지만 숱은 조금도 빠지지 않았고, 구불구불하면서도 윤기가 돌아 여전히 젊음의 기력이 넘쳐 보였다. 그의 은고리가 달린 구두, 흰 양말, 늘 새것처럼 보이면서도 옛날 그대로인 듯 여겨지는 갈색 양복저고리도 나는 잊을 수 없다. 그리고 지팡이는 어린 시절에 그가 내 맥박을 재고 약을 처방해줄 때 침대에 기대어놓곤 했던 바로 그것이었다. 나는 몸이 자주 아팠지만, 매번 병을 이겨내게 해준 것은 이 노의사에 대한 믿음이었다. 나는 그가 병을 낫게 해줄 것이라는 데 대해 조금도 의심해본 적이 없었다. 그리고 어머니가 아픈 나를 봐줄 궁정 주치의를 데려오도록 사람을 보내야겠다고 말할 때면, 그것은 마치 내 찢어진 바지를 수선하기 위해 재단사를 불러와야겠다고 말하는 것처럼 들렸다. 나는 약을 먹기만 하면 틀림없이 병이 다시 나을 것 같은 느낌이 들었다.

"어떻게 지내나?" 그가 방으로 들어오며 물었다. "썩 건강해 보이지는 않는군. …… 너무 공부에만 매달리지 말게나. 오늘은 긴 이야기 할 시간이 없어. 자네에게 다시는 마리아 백작을 찾아가지 말라고 전하러 온 것뿐이야. 나는 밤새 그녀 곁을 지켰어. 다 자네 때문일세. 그러니 명심하게. 그녀의 목숨을 소중하게 여긴다면 다시는 찾아가지 말게. 병세가 호전되는 즉시 그녀는 이곳을 떠나 시골로 옮겨가야만 해. 자네는 한동안 이곳을 떠나 있는 것이 가장 좋겠어. 그럼, 잘 있게. 잘 생각해보라고."

이 말을 하며 그는 나에게 손을 내밀었고, 다짐을 받아내고야 말겠다는 듯이 내 눈을 다정하게 들여다보았다. 그러고 나서 아픈 아이들을 돌보기 위해 떠났다.

나는 제삼자가 갑자기 내 마음의 비밀을 이토록 깊이 파고들었고, 나 자신도 알지 못하는 일을 알고 있다는 사실에 너무나 당황해서 그가 한길로 나선 후에야 비로소 생각을 가다듬기 시작했다. 그러자 내 마음은 요동치기 시작했다. 그것은 불 위에 오래 올려놓은 물이 가만있다가 갑자기 펄펄 끓어서 튀어오르고 마침내 넘쳐흐르는 것과 같았다.

그녀를 다시는 만나지 못하다니? …… 나는 오직 그녀 곁에 있을 때만 살아 있어. 나는 그녀에게 한 마디도 건네지 않고 조용히 있을 거야. 그녀가 잠들어 꿈을 꿀 때, 단지 창가에 서 있기만 할 거야. 그런데도 그녀를 다시 만나면 안 된단 말인가? 작별 인사조차 하지 못한단 말인가? 그녀는 내가 사랑하고 있다는 걸 몰라. 알 리가 없지. 내가 그녀를 사랑하는 것도 아니야 —
나는 어떤 것도 바라지 않고, 어떤 것도 기대하지 않으니까. 내
마음은 그녀 곁에 있을 때만큼 평온한 적이 없어. 나는 그녀가
곁에 있다는 것을 느껴야만 해 — 그녀의 영혼과 함께 호흡해야
해 — 어떤 일이 있어도 그녀에게 가야만 해! 그리고 그녀도 나
를 기다리고 있어. 운명이 아무 의도도 없이 우리를 연결시켜주
었단 말인가? 내가 그녀에게 위안이 되고, 그녀가 나의 안식이
되어야 하지 않을까? 인생은 장난이 아니야. 인생은 열풍이 불
어 모았다가 흩어버리는 사막의 모래알처럼 무심코 두 마음을
한 곳으로 몰아놓지는 않아. 자비로운 운명의 신이 우리에게 준
이 마음을 단단히 지켜야 해. 우리의 마음은 확고해. 우리가 그
것을 위해 살고 싸우고 죽을 용기를 낸다면, 그 어떤 강한 힘도
우리에게서 그것을 빼앗지 못하기 때문이야. 꿈에 잠겨 너무나
행복한 시간을 보냈던 나무 그늘을 천둥이 우르릉거리기 시작
하자마자 곧장 떠나버리듯 그녀의 사랑을 버린다면, 그녀는 분
명 나를 경멸할 거야.

　그러자 갑자기 내 마음은 평온해졌다. 나에게는 '그녀의 사
랑'이라는 말만 귓전에 맴돌았고, 그 말은 내 마음 구석구석에

서 메아리처럼 다시 울렸다. 나는 이런 나 자신에 대해 깜짝 놀랐다. '그녀의 사랑'이라니 ─ 내가 그녀의 사랑을 얻을 자격이 어디 있단 말인가? 그녀는 나에 관해 사실 잘 몰라. 그녀가 언젠가 나를 사랑하게 된다 하더라도, 나는 천사의 사랑을 받을 자격이 없다고 스스로 고백해야만 하지 않을까? 새가 자신을 에워싸고 있는 창살을 보지 못해 푸른 하늘로 날아오르려다 새장에 부딪혀 떨어지듯이, 내 마음속에서 피어오른 모든 생각, 모든 희망도 다시 무너져 내렸다. 그렇지만 이 모든 행복감이 이토록 가까이 있는데도 붙들 수 없는 것은 어찌된 일일까! 신이 기적을 내려줄 수는 없을까? ─ 신은 매일 아침마다 기적을 내리지 않는가? 내가 확실한 믿음으로 신에게 매달려 이 몸이 지치더라도 위안과 도움을 얻을 때까지 물러서지 않으면, 신은 종종 내 기도를 들어주지 않았던가? 우리가 간구하는 것은 이 세상의 재물이 아니야. 서로 만나 알게 된 두 영혼이 이 짧은 지상의 여행을 서로 팔을 끼고 눈을 마주 보며 끝마치도록 해달라는 것뿐이야. 또 우리가 목적지에 도달할 때까지 내가 그녀에게 괴로울 때 버팀목이 되고, 그녀가 나에게 어떤 위안이나 달콤한 근심이 되게 해달라는 것뿐이야. 그리고 그녀의 인생에 아직 늦은 봄이

약속되어 있다면, 그녀의 고통이 줄어든다면 ─ 오, 그렇게 된다면 은혜로운 모습들이 눈앞을 스쳐가지 않겠는가! 그녀는 어머니로부터 티롤에 있는 성을 유산으로 물려받았다. 그 성은 푸른 풀들이 우거진 산속에, 신선한 산 공기 속에, 쾌활하고 경건한 주민들 곁에 있었다. 세상 사람들의 번잡한 일들, 그들의 근심과 갈등과는 멀리 떨어진 곳, 시기하는 자도 벌하는 자도 없는 곳 ─ 그곳에서라면 우리는 얼마나 복된 고요 속에서 인생의 황혼이 다가오는 것을 기다릴 수 있을 것이며, '저녁노을처럼 말없이 사라질 수 있을 것인가!' 이런 생각을 하면서 나는 물결이 쉴 새 없이 희미하게 반짝이는 짙은 호수와 그 속에 비친 멀리 눈 덮인 산들의 맑은 그림자를 보았다. 그리고 가축들의 방울소리와 목동들의 노랫소리를 들었다. 사냥꾼들이 총을 메고 줄지어 산을 넘어가는 것도 보았다. 또한 노인들과 젊은이들이 저녁에 마을로 모여드는 모습과 곳곳에서 그녀가 평화의 천사처럼 축복을 뿌려주며 지나가는 모습도 보았다. 나는 그녀의 안내자이자 친구였다. 바보 녀석! 나는 마음속으로 소리쳤다. 이 바보 녀석아! 아직도 마음이 그토록 거칠고도 연약하단 말인가? 정신 차려! 너 자신을 알고, 그녀와 얼마나 차이가 나는 신분인지 생각해봐. 그녀는 상냥하고, 다른 사람의 기분을 맞춰주는 것을 좋아하지. 그러나 그녀의 천진난만한 태도와 분방함은 가슴속에 너에 대해 조금도 깊은 감정을 품고 있지 않다는 것을 너무나 잘 보여주고 있어. 너는 달 밝은 여름날 밤에 홀로 너도 밤나무 숲을 거닐 때, 달이 은빛 광채를 모든 가지들과 잎들에게 고루 비춰주는 것을 여러 번 보지 않았던가? 그리고 달이 조그만 연못의 어둡고 흐린 물조차 밝혀주고, 아무리 작은 물방울에서도 찬란하게 반사되는 모습도 보지 않았던가? 그녀도 그렇게 이 어두운 세상을 바라보고 있고, 네가 그녀의 부드러운 빛이 너의 가슴속에 비치는 것을 간직하고 싶어 한다 하더라도, 그 이상의 다정한 눈길을 기대해서는 안 되는 법이야!

그러자 갑자기 그녀의 모습이 마치 살아 있는 것처럼 내 눈앞에 나타났다. 그녀는 기억 속의 모습이 아니라 환영처럼 내 앞에 서 있었고, 나는 처음으로 그녀가 얼마나 아름다운지 명확히 깨달았다. 그것은 우리가 예쁜 처녀를 처음 볼 때는 눈부시지만, 그 후에는 금세 봄꽃처럼 바람에 날려가버리는 그런 자태나 색깔의 아름다움이 아니었다. 그것은 오히려 그녀의 존재 전체의 조화로움이었으며, 모든 행동의 일체감, 정신으로 승화된 표정, 육신과 영혼의 완벽한 융합이어서 그녀를 바라보는 사람의 기분을 아주 흐뭇하게 해주었다. 자연이 풍족하게 나누어주는 아름다움은 인간이 그것을 얻어 공들여 자기 것으로 만들지 못할 때는 만족감을 주지 못한다. 그런 아름다움은 오히려 우리가 무대에서 여배우가 여왕의 의상을 걸치고 걸어 들어오는 것을 보면서, 걸음을 옮길 때마다 그 의상이 그녀에게 얼마나 맞지 않으며, 얼마나 어울리지 않는지 깨닫게 될 때처럼 기분을 상하게 할 뿐이다. 진정한 아름다움은 우아함이며, 우아함은 모든 괴로운 것, 육체적인 것, 세속적인 것을 영적으로 승화시킨 것이다. 그것은 추한 것조차 아름답게 보이게 해주는 정신의 발현이다. 내 앞에 서 있는 그녀의 모습을 자세히 살펴볼수록, 나는 모든 점에서 그 자태의 고귀한 아름다움과 그녀의 존재 전체에 깃든 정신적 깊이를 더욱 확실하게 깨달았다. 오, 이렇게 큰 행복이 이토록 가까이 있었단 말인가! 그런데 이 모든 것이 나에게 지상에서의 행복의 절정을 보여주고 나서 나를 영원히 인생의 막막한 사막으로 내팽개치기 위한 것이었을 뿐이란 말인가! 오, 내가 이 세상에 어떤 보물이 숨겨져 있는지 몰랐다면 좋았으련만! 그러나 단 한 번 사랑하고 영원히 홀로 지내야 하다니!

단 한 번 기대하고 나서 영원히 절망해야 하다니! 단 한 번 빛을 보고 나서 영원히 눈이 멀어야 하다니! 이것은 인간이 만들어낸 그 어떤 고문에도 비할 수 없는 지독한 고통이야.

이렇게 꼬리를 물고 일어나는 거친 상념들이 갈수록 심하게 날뛰더니 마침내 모든 것이 고요해졌고, 소용돌이치던 인상들이 점차 한곳으로 모여 서서히 가라앉았다. 사람들은 아마 이렇게 진정되면서 약해지는 것을 사색이라 부를 것이다. 그러나 이것은 관조하는 것과 같다. 복잡하게 얽힌 생각들이 모두 영원한 법칙에 따라 저절로 결정으로 굳어질 때까지 시간을 두고 그 과정을 관찰하는 화학자처럼 조용히 지켜보는 것이다. 그리고 원소들이 어떤 형태를 띠게 되면, 우리는 종종 그것들이 처음에 기대했던 것과는 완전히 다르다는 점에 놀란다. 우리의 생각도 이 경우와 다르지 않다.

내가 골똘히 잠겨 있던 생각에서 깨어나 꺼낸 첫 마디는 '떠나자'는 것이었다. 나는 곧바로 책상 앞에 앉아 궁정 주치의에게 2주 동안 여행을 떠나니 모든 것을 잘 맡아서 처리해달라는 편지를 썼다. 부모에게 양해를 구할 말은 금세 떠올랐고, 나는 그날 저녁에 이미 티롤을 향해 가고 있었다.

일곱 번째 회상

친구와 다정하게 티롤 지방의 산을 넘고 골짜기를 지나간다면 신선한 생명의 공기와 삶의 기쁨을 들이마실 수 있을 것이다. 그러나 완전히 홀로 생각에 잠겨 이 길을 지나가는 것은 헛된 시간이고 헛된 노력이다! 녹음이 짙어진 산과 어두운 골짜기, 파란 호수와 세차게 쏟아지는 폭포가 나에게 무슨 소용이란 말인가? 내가 그것들을 바라보는 것이 아니라, 그것들이 나를 쳐다보며 고독한 인간의 표정을 이해할 수 없다고 여긴다. 그리고 이 세상에서 기꺼이 나와 함께 하려는 사람이 단 한 명도 없어 마음이 무겁다. 나는 매일 아침 이런 생각들을 하며 잠에서 깨어났고, 이 생각들은 떨칠 수 없는 노랫가락처럼 하루 종일 나를 따라다녔다. 그리고 저녁에 여관에 들어가서 지쳐 한쪽 구석에 앉아 있으면, 그곳 사람들 모두가 이 고독한 방랑자를 이상하게 여기며 쳐다보았다. 그래서 나는 깜깜한 곳으로 도로 나와야만 했다. 그런 다음 아주 늦게야 몰래 돌아가서 조용히 내 방으로 올라갔다. 그리고 후텁지근한 온기가 밴 침대에 몸을 누이면, 잠이 들 때까지 슈베르트의 〈그대가 떠나고 없는 곳에 평온이 찾아오도다〉라는 노래가 내 마음속에 울려 퍼졌다. 결국 나는 어디서나 장엄한 자연을 즐기며 웃고 떠드는 사람들의 시선이 너무나 견디기 힘들어, 낮에는 잠을 자고 달이 환히 비치는 밤에만 이곳저곳으로 여행을 계속했다. 그때는 적어도 두려움이 몰려와 내 생각을 몰아내고 흩뜨려버렸다. 밤새도록 혼자서 길도 확실히 모르는 산을 넘어가려고 하면, 그때는 눈은 불필요하게 자극을 받아 알아보기 힘든 희미한 형체들을 두루 살피고, 귀는 병적으로 긴장해서 어디서 나오는지도 모르는 소리를 자세히 듣는다. 발은 바위틈으로 불쑥 삐져나온 나무뿌리에

걸리거나, 폭포에서 물방울이 흩날려 축축하게 젖은 길을 잘못 디뎌 비틀거린다. 뿐만 아니라 가슴속에는 달랠 길 없는 적막감뿐이어서, 온정을 느낄 수 있는 어떤 기억, 매달릴 수 있는 어떤 희망도 없다. 이런 일을 겪는 사람이라면 누구나 밤의 섬뜩한 전율을 사무치게 느끼게 될 것이다. 인간이 느끼는 최초의 두려움은 신에게서 버림받았다는 생각이 들 때 생겨난다. 그러나 우리가 살다보면 그런 두려움은 잊혀지고, 신의 형상을 본받아 만들어진 인간들이 고독할 때는 위안이 된다. 하지만 인간에게서 느끼는 위안과 사랑이 다시 우리를 떠나고 나면, 우리는 신과 인간에게서 버림받는 것이 어떤 것인지 깨닫게 되며, 말없이 지켜보는 자연은 위안이 되기보다 오히려 두려움의 대상이 된다. 우리의 두 발이 단단한 바위를 굳건하게 딛고 서 있다 하더라도, 그 바위는 이전에 자신이 생겨났던 바다 속의 무수한 흙 알갱이들처럼 울렁거리는 느낌이 든다. 또한 칠흑 같은 어둠 속에서 달이 전나무 숲 위로 솟아올라 뾰족한 우듬지들 그림자를 건너편 환한 바위벽에 비추면, 그것은 이전에 태엽을 감아놓았어도 언젠가는 더 이상 시간을 알리지 않는, 멈춰버린 시계바늘처럼 보인다. 별들이 떠 있거나 하늘이 활짝 드러나 있을 때조차

덜덜 떨면서 외롭고 버림받았다는 느낌이 들면, 우리의 마음이 머물 곳은 어디에도 없다! 오직 한 가지 생각만이 우리에게 가끔 위안이 된다. 그것은 자연의 고요와 질서, 무한함과 정확함이다. 폭포 양쪽 바위에는 바람에 휘날린 물방울에 젖은 검푸른 이끼들이 자라고 있다. 그곳 서늘한 그늘에서 자라난 파란 물망초 한 송이가 불현듯 눈에 들어온다. 그 꽃은 지금 이 땅의 모든 실개천, 모든 초원에 한꺼번에 피어난 수백만 송이들 중의 하나다. 이 물망초들은 천지창조의 첫날 아침에 지상에 수없이 많은 꽃들이 무진장하게 퍼져나간 이래로 계속해서 피어나고 있다. 물망초 잎에 새겨진 모든 잎맥, 꽃받침 속의 모든 수술, 뿌리 속의 섬유관 하나하나마다 수가 정해져 있어서, 지상의 그 어떤 힘도 그것을 늘리거나 줄일 수 없다. 우리의 무딘 눈을 밝게 하고 초인적인 능력을 발휘해 자연의 비밀을 더 깊이 들여다본다면, 가령 현미경을 통해 씨앗, 꽃봉오리, 꽃이 소리 없이 만들어지는 현장을 보게 된다면, 우리는 새삼 지극히 미세한 조직과 세포에서 무한하게 반복해서 나타나는 형태를 알아볼 것이며, 지극히 미세한 섬유관에서 자연 법칙의 영원한 불변성을 깨닫게 될 것이다. 우리가 보다 더 깊이 파고들 수만 있다면, 어떤 것에서나 무수하게 동일한 형태들이 눈에 들어올 것이며, 마치 거울 방 속으로 들어선 것처럼 시선은 무한함 속에서 초점을 잃고 말 것이다. 이러한 무한함이 바로 이 작은 꽃 속에 숨겨져 있는 것이다! 그리고 고개를 들어 하늘을 보면, 우리는 또다시 위성이 행성을 중심으로, 행성이 항성을 중심으로, 항성이 또 다른 항성을 중심으로 돌아가는 영원한 질서를 깨닫게 된다. 그리고 눈을 더 가늘게 뜨면 멀리 떨어져 있는 성운들조차 아름다운 신세계로 보일 것이다. 그럴 때 저 장엄한 별들이 어떻게 이리저리 오르내리며 운행하는지 잘 생각해보라. 거기에 따라 계절이 바뀌고, 이 물망초 씨앗은 대를 이어 싹을 틔우고, 세포들이 벌어지고, 꽃잎들이 돋아나고, 꽃들이 초원의 양탄자에 멋지게 수놓지 않는가? 또 딱정벌레가 물망초꽃의 파란 꽃받침에 붙어 흔들거리고, 그것이 생명으로 깨어나고, 삶의 즐거움을 누리는 것을 보라. 그것이 활기차게 숨 쉬는 것은 꽃들의 세밀한 조직보다 혹은 천체가 묵묵히 규칙적으로 운행하는 것보다 천배나 더 신기하다. 그대도 이렇게 영원히 얽혀 돌아가는 만물의 일부임을 느껴본다면, 그대와 함께 움직이고, 함께 살아가고, 함께 시드는 무수한 피조물들로 인해 위안을 얻게 될 것이다. 이 우주는 지극히 미세한 것에서부터 지극히 거대한 것까지 두루 갖추고, 지혜와 능력을 보여주며, 존재의 경이로움과 경이로운 존재들로 가득하다. 그런데 이 우주를 그대의 영혼이 놀라 물러나게 하지 않고, 그대의 나약함과 무가치함을 감지하고 무릎을 꿇게 만들며, 사랑과 자비를 베풀어 다가서게 하는 그런 존재자가 만들었다는 것을 안다면 — 그대의 내면에 꽃의 세포들, 행성들이 운행하는 천체, 딱정벌레의 생명보다 더 무한하고 영원한 어떤 것이 들어 있다고 진정으로 느낀다면 — 마치 그늘 속에 있을 때처럼 그대의 내면에서 자신을 두루 비춰주는 영원한 존재자의 광채를 알아본다면 — 그대의 내면뿐 아니라 머리 위와 발 아래 어디서나 그대의 겉모습에 본질을 부여하고, 불안을 안식으로, 고독을 소통으로 바꿔주는 존재자의 실체를 느낀다면 — 그렇다면 그대가 인생의 어두운 밤에 누구를 향해 다음과 같이 소리치는지 알 것이다. "창조주이신 하느님 아버지, 주님의 뜻이 하늘에서 이루어진 것과 같이 땅에서도 이루어지게 하옵시며, 땅에서 이루어진 것과 같이 내게도 이루어지게 하옵소서." 그러면 그대의 내면과 주변이 밝아지고, 새벽 어스름이 차가운 안개와 더불어 사라지고, 새로운 온기가 추위에 떨고 있는 천지

만물 속으로 퍼져나간다. 그대는 앞으로 다시는 놓지 않을 손길, 산이 흔들리고 위성들이 사라지더라도 그대를 굳게 붙들어 줄 손길을 발견한 것이다. 이제 그대가 어디에 있든 그대는 그분 곁에 있고, 그분은 그대 곁에 있으니, 그분은 영원히 가까이 있는 존재이다. 꽃들이 피고 가시나무도 자라는 이 세상도 그분의 것이며, 기뻐하기도 하고 괴로워하기도 하는 인간들도 그분의 것이다. '주님의 뜻이 아니라면 그 어떤 사소한 일도 그대에게 일어나지 않는다.'

나는 이런 생각들을 하며 계속 걸어갔다. 때로는 기분이 나아졌다가, 때로는 서글퍼지기도 했다. 왜냐하면 우리가 영혼의 가장 밑바닥에서 안정과 평온을 찾았다 하더라도, 조용히 거룩한 은둔자 생활을 계속하기란 힘들기 때문이다. 그렇다, 많은 사람들이 안정과 평온을 찾은 후에는 다시 잊어버리고, 종종 그것을 되찾게 해주는 길조차 모르는 것이다.

몇 주가 지났지만 그녀의 소식은 한마디도 들려오지 않았다. '어쩌면 그녀는 죽어서 고요한 안식에 들었는지도 몰라.' 이것은 내가 아무리 떨쳐버리려 해도 혀끝에서 맴돌며 계속해서 되돌아오는 또 다른 노래였다. 어쩌면 그녀는 정말 죽었을지도 모른다. 궁정 주치의는 그녀가 심장병을 앓고 있으며, 아침마다 그녀가 죽어 있는 상황을 마음속으로 대비한다고 말하지 않았던가. 그녀와 작별 인사도 하지 못했고, 마지막 순간에라도 내가 얼마나 사랑하는지 말해주지도 않았는데, 그런데 이제 그녀가 이 세상을 떠났다면, 언젠가 나 자신을 용서할 수 있을까? 그녀를 뒤따라 저세상으로 가서 그녀를 만나 나를 사랑하고 용서한다는 말을 들어야 하지 않을까? 그런데도 인간은 하루하루가 마지막이 될 수도 있으며, 한번 잃어버린 시간은 영원히 다시 돌아오지 않는다는 생각은 하지 않는가? 왜 인생을 허비하며, 왜 자신이 할 수 있는 최선의 일, 자신이 누릴 수 있는 최대의 기쁨을 날마다 미룬단 말인가? 그 순간 궁정 주치의를 마지막으로 만났을 때 들었던 모든 말이 다시 떠올랐다. 무턱대고 여행을 떠나기로 결심한 것은 오로지 나의 단호함을 보여주기 위해서였을 뿐이다. 나 자신의 나약함을 고백하고 그곳에 남는 일은 더 힘들었을 것이다. 이제 해야 할 일은 단 한 가지밖에 없다는 사실이 명확해졌다. 지금 당장 그녀에게로 돌아가 하늘이 우리에게 내릴 모든 것을 참고 견디는 것이다. 막 돌아갈 결심을 굳혔을 때, 궁정 주치의가 했던 말이 불쑥 떠올랐다. "병세가 호전

되는 즉시 그녀는 이곳을 떠나 시골로 옮겨가야만 해." 그녀 자신도 여름은 거의 언제나 자신의 성에서 보낸다고 말한 적이 있었다. 어쩌면 그녀는 아주 가까운 곳에 있는지도 몰라. 그녀가 있는 곳까지는 하루면 충분할 거야. 생각난 즉시 행동으로 옮겼다. 날이 밝자 나는 서둘러 출발했고, 저녁에는 그녀의 성 문 앞에 도착했다.

저녁은 고요하고 해는 아직 지지 않았다. 산봉우리들은 저녁 노을에 물들어 짙은 황금색을 빛내며 반짝였다. 그리고 그 아래는 붉은빛이 감도는 파란색으로 덮여 있었다. 골짜기에서부터 뿌연 안개가 밀려올라 위쪽으로 떠오르며 색깔이 엷어지더니 마치 구름의 바다처럼 하늘로 넘실거리며 솟구쳤다. 이 모든 색의 조화는 다시 가볍게 일렁이는 어두운 호수 한가운데서 반사되었고, 호숫가로 산들이 불쑥불쑥 솟아 있는 듯이 보였다. 오직 나무 우듬지들과 뾰족하게 솟은 교회 종탑, 그리고 민가에서 피어오르는 연기만이 실제의 세상과 그 반사된 모습을 구분해주는 경계선을 어렴풋이 보여주고 있었다. 그러나 내 시선은 한곳에만 고정되어 있었다. 그곳은 그녀를 다시 만나게 되리라는 예감이 들게 해주는 낡은 성이었다. 창에서는 불빛 하나 새 나

오지 않았고, 저녁의 고요함을 깨뜨리는 사람의 발소리조차 들리지 않았다. 내 예감이 틀렸단 말인가? 느릿느릿 맨 앞쪽 성문을 지나 계단을 올라가 마침내 성 앞뜰에 섰다. 거기서 보초 한 명이 왔다갔다 하는 것을 발견하고, 성에 누가 있는지 알아보기 위해 급히 그 병사에게로 걸음을 옮겼다. "백작과 그 시종들이 계십니다" 하고 그는 짧게 대답했다. 그 말을 듣자마자 나는 순식간에 출입문으로 가서 이미 초인종 줄을 당기고 있었다. 그때서야 내가 어떤 행동을 했는지에 생각이 미쳤다! 나를 아는 사람은 아무도 없었다. 나 또한 신분을 밝힐 수도 없고, 밝혀서도 안 되었다. 몇 주 동안이나 산속을 돌아다니다 보니 행색이 거지나 다름없었기 때문이다. 뭐라고 해야 하지? 누구를 불러달라고 해야 하나? 하지만 이런 것들을 따져볼 시간도 없이 문이 열렸고, 화려한 제복을 입은 문지기가 나타나서 나를 이상하다는 듯이 쳐다보았다.

나는 결코 마리아 백작 곁을 떠나지 않는 영국인 여자를 기억하고 있었다. 그래서 그 여자가 성에 있는지 물었고, 문지기는 그렇다고 대답했다. 나는 종이와 펜을 부탁해 그녀에게 백작의 상태가 어떤지 알아보기 위해 지금 이곳에 와 있다는 글을 적었다.

문지기는 하인 한 사람을 불러 편지를 들고 올라가게 했다. 긴 복도를 지나는 발소리 하나하나가 또렷이 들렸고, 기다리는 일분 일분이 나의 처지를 더욱 견딜 수 없게 만들었다. 벽에는 영주 가문의 오래된 가족 초상화들이 걸려 있었다. 거기에는 완전 무장을 한 기사들과 옛날식 복장을 한 여자들 가운데로 하얀 수녀복을 입고 붉은 십자가를 가슴에 단 여자가 보였다. 평소에 나는 이런 초상화들을 그토록 자주 보면서도 그들 각자의 가슴속에서도 인간으로서 심장이 뛰었던 적이 있을 것이라는 생각은 한 번도 해보지 않았다. 그러나 지금은 문득 그들의 표정에서 모든 것을 읽을 수 있을 것 같았고, 그들 모두가 나에게 이렇게 말해주는 것 같았다. "우리들도 예전에는 살아 있었고, 우리들도 예전에는 괴로움을 겪었지." 이 철제 갑옷 아래에는 지금 내 가슴속에 들어 있는 것과 똑같은 비밀들이 숨겨져 있었을 것이다. 이 흰옷과 붉은 십자가도 여기서 지금 내 가슴속에 몰아치고 있는 것과 똑같은 갈등을 지켜본 생생한 증인이었던 셈이다. 그런 생각이 들자 그들 모두가 나를 동정의 눈으로 보고 있는 듯했다. 그런데 그들의 표정에 다시 도도한 오만함이 떠올랐다. 마치 '넌 우리들과는 신분이 달라' 하고 말하려는 것 같았다.

점점 더 안절부절 못하고 있을 무렵, 마침 나지막한 발소리가 들려 나는 공상에서 깨어났다. 그 영국인 여자가 계단을 따라 내려오더니 나를 어떤 방으로 안내했다. 나는 그녀가 혹시 어떤 눈치라도 채고 있는지 유심히 표정을 살폈다. 그러나 그녀의 표정은 아주 태연했고, 조금이라도 관심을 보이거나 이상하게 여기는 기색은 보이지 않았다. 그녀는 침착한 목소리로 백작은 오늘 건강이 훨씬 좋아졌으며, 반시간 후에 나를 방으로 모셔오도록 시켰다고 말했다.

수영 실력이 뛰어난 사람은 바다 멀리까지 헤엄쳐 나가면 팔에 힘이 빠지기 시작해야 비로소 되돌아갈 생각을 한다. 그 사람은 나올 때 급히 물살을 헤쳐 나가지만, 결코 시선을 멀리 떨어져 있는 해안으로 돌리지 않는다. 그리고 팔을 저을 때마다 기운이 떨어지는 것을 느끼지만, 결코 그 사실을 의식하려 들지 않는다. 그러나 마침내는 허둥대다가 경련이 일어나 자신의 처지조차 의식하지 못하게 된다 ─ 그럴 때 돌연 발이 바닥에 닿고, 팔로 해변의 가장 가까운 바위를 휘감는다. 나도 영국인 여자의 말을 들었을 때 그와 같은 심정이었다. 나에게는 새로운 현실이 닥쳐왔고, 내가 괴로워했던 일은 한낱 꿈에 지나지 않았다. 우리 인생에 있어 이러한 순간들은 별로 찾아오지 않으며, 그런 황홀감을 경험해보지도 못한 사람들도 수없이 많다. 그러나 자신이 낳은 아기를 처음으로 품에 안아보는 어머니, 큰 공을 세우고 전장에서 돌아오는 외아들을 맞아주는 아버지, 자기 나라 국민들의 환호를 받는 시인, 자신이 내민 다정한 손을 더욱 다정하게 맞잡아주는 사랑스런 애인을 가진 젊은이 – 이런 사람들은 꿈이 현실이 된다는 것이 어떤 의미인지 알고 있다.

마침내 반시간이 지나자 하인이 와서 나를 길게 늘어선 수많은 방들을 지나 어떤 문 앞으로 데려갔다. 문이 열리자 저녁 어스름 속에서 흰 옷을 입은 사람의 형체가 보였고, 그 위로 난 높다란 창을 통해 호수와 희미하게 반짝이는 산들이 눈에 들어왔다.

"사람들의 만남이란 참으로 묘하군요." 그녀의 밝은 목소리가 나를 향해 울려왔다. 그 말 한마디 한마디가 무더운 여름날 끝에 내리는 시원한 빗방울 같았다.

"사람들의 만남도 묘하지만 이별도 참으로 묘하죠." 나는 이 말을 하며 그녀의 손을 잡았고, 우리가 다시 만나 함께 있다는 것을 느꼈다.

"그러나 사람들이 헤어지는 것도 다 자신들 때문이죠." 그녀는 이렇게 말을 이었다. 늘 음악처럼 울리는 것 같던 그녀의 목소리는 어느덧 더욱 부드러운 어조로 변해 있었다.

"그래요, 그건 맞는 말이에요. 그러나 먼저 몸 상태는 어떤지 말해주세요. 당신과 얘기를 나눠도 되나요?" 내가 이렇게 묻자 그녀는 미소를 띠며 대꾸했다.

"이봐요, 친구! 내가 늘 아프다는 건 당신도 잘 알잖아요. 그리고 내가 몸이 좋아졌다고 말하는 것은 단지 노의사를 생각해서 그러는 거예요. 왜냐하면 그분은 내가 태어난 후로 이렇게 살아 있는 것이 오직 자신의 의술 덕분이라고 확고하게 믿고 있으니까요. 나는 궁정을 떠나기 전에 그분께 크나큰 충격을 주었어요. 어느 날 저녁에 갑자기 심장이 멎어버렸으니까요. 나도 심장이 다시는 뛰지 않을 것이라는 생각에 너무나 불안했어요. 그러나 그것은 다 지난 일이고, 우리가 그 얘기를 꺼내서 뭘 하겠어요? 내 근심은 단 하나예요. 나는 늘 언젠가 아주 평온하게 눈을 감게 될 것이라고 믿었어요. 그런데 지금은 내 고통이 인생과의 작별까지도 방해하고 비참하게 만들 거라는 느낌이 들어요." 그러더니 그녀는 자신의 손을 가슴에 얹고 말했다. "그런데 당신은 어디로 갔었는지 말해주세요. 왜 내가 그동안 내내 당신 소식을 한 마디도 듣지 못한 거죠? 노의사는 당신이 갑자기 여행을 떠난 것에 대해 너무나 많은 이유를 대서, 나는 결국 그 말을 믿지 못하겠다고 말하지 않을 수 없었어요. 그러자 그분은 마침내 가장 믿기 힘든 이유를 말해주었어요. 어떤 이유였는지 맞춰보겠어요?"

"그 이유가 믿기 힘들게 여겨졌을지도 모르지만……." 나는 그녀가 그 말을 꺼내지 못하도록 중간에 끼어들었다. "그렇지만 그건 어쩌면 틀림없는 사실이었는지도 몰라요. 그러나 이것도 다 지난 일이고, 우리가 그 얘기를 꺼내서 뭘 하겠어요?"

"그렇지 않아요, 친구. 그게 왜 지난 일인가요? 궁정 주치의가 당신이 그토록 갑자기 떠나버린 것에 대한 마지막 이유를 댔을 때, 나는 두 분 다 이해할 수 없다고 말했어요. 나는 가련하고 병들고 버림받은 인간이고, 내가 이 세상에서 살고 있는 것은 서서히 죽어가는 것에 지나지 않아요. 그런데 이제 하늘이 나를 이해해주는 사람, 혹은 궁정 주치의의 말대로 나를 사랑하는 사람을 한두 명 보내주었다면, 그것이 나나 그 사람들의 마음의 평온을 깨뜨릴 이유가 어디 있겠어요? 궁정 주치의께서 그 얘기를 털어놓았을 때, 나는 마침 내가 좋아하는 시인 워즈워스의 노년 작품을 읽고 있었는데 이렇게 말했어요. '의사 선생님, 우리는 너무나 많은 생각을 하는 것에 비해 말은 적게 하기 때문에, 말 한마디 한마디에 아주 많은 생각들을 집어넣어야만 해요. 그런데 우리를 모르는 누군가가 이제 그 젊은 친구가 저를 사랑한다는 말, 혹은 제가 그를 사랑한다는 말을 듣는다면, 그 사람은 그것이 로미오가 줄리엣을, 줄리엣이 로미오를 사랑했던 상황과 비슷하다고 생각할지도 몰라요. 그렇다면 당신이 그렇게 해서는 안 된다고 말하는 것이 전적으로 옳을 거예요. 그러나 주치의님, 꼭 그렇지 않을지도 모르지만 당신도 저를 사랑하고, 저도 당신을 사랑해요. 제가 당신을 이미 수년 전부터 사랑해왔지만, 아마 한 번도 밝히지 않았을 거예요. 저는 그런 일로 절망하거나 불행해진 적은 없어요. 그래요, 주치의님! 몇 가지 더 말씀드려야겠어요. 저는 당신이 저를 짝사랑하고 있고, 우리의 젊은 친구를 질투하고 있다고 믿어요. 당신은 제 몸 상태가 아주 좋다는 것을 알면서도 아침마다 저를 찾아와 어떤지 살펴보지 않나요? 그리고 당신의 정원에 핀 가장 아름다운 꽃들을 저에게 가져다주지 않나요? 제 사진을 억지로 얻어가지 않았나요? 그리고 ─ 어쩌면 이 말은 하지 말아야 될지도 모르지만

— 지난 일요일에 당신이 제 방으로 찾아왔을 때, 제가 자고 있다고 믿었겠죠? 저는 실제로 자고 있긴 했어요. 아무튼 몸을 움직일 수가 없었으니까요. 그러나 저는 당신이 한동안 침대 곁에 앉아서 저를 하염없이 바라보고 있는 것을 알아차렸어요. 당신의 눈길이 제 얼굴에 비치는 햇살처럼 강하게 느껴졌으니까요. 그러더니 결국 당신의 두 눈은 흐릿해졌고, 그 눈에서 굵은 눈물방울이 떨어져 내렸지요. 그때 당신은 두 손으로 얼굴을 감싸고 큰 소리로 '마리아, 마리아여!' 하고 흐느꼈어요. 아, 주치의님! 우리의 젊은 친구는 한 번도 그렇게 한 적이 없었는데도 그를 떠나보내다니요.' 이렇게 평소와 다름없이 진담 반 농담 반으로 말하고 나니, 내가 그 노의사의 마음을 아프게 했다는 생각이 들었어요. 그는 한마디 대꾸도 없이 어린애처럼 부끄러워했으니까요. 그래서 나는 그때 막 읽고 있던 워즈워스의 시집을 펼치고 말했어요. '여기에 제가 사랑하는 또 다른 노인이 있어요. 저는 그분을 사랑하고, 무엇보다도 진심으로 사랑해요. 그분은 저를 이해하고, 저도 그분을 이해해요. 하지만 저는 그분을 한 번도 만난 적이 없고, 앞으로도 결코 만나지 못할 거예요. …… 세상사란 다 그런 거니까요. 이제 그분의 시를 하나 읽어

드릴게요. 그러면 당신은 사람들이 어떻게 사랑할 수 있고, 사랑이 어떻게 해서 사랑하는 남자가 애인의 머리 위에 내려주는 말없는 축복이 되는 건지 깨닫게 될 거예요. 그 후에 그는 복된 비애감 속에서 자신의 길을 가기 때문이지요.' 그때 나는 그분에게 워즈워스의 〈고지의 소녀〉를 읽어주었어요. 그리고 이제, 친구여, 등불을 가까이 당겨놓고 그 시를 나에게 다시 읽어주세요. 나는 그 시를 들을 때마다 생기를 느끼게 돼요. 그 시에는 고요하고 끝없이 펼쳐진 저녁노을 같은 정신이 깃들어 있어요. 지금 저 위에 눈 덮인 산들의 티 없이 깨끗한 봉우리 위에 사랑하고 축복하며 팔을 뻗고 있는 노을처럼 말이죠."

그녀의 말이 그토록 느리고 고요하게 가슴속에 울려 퍼지자, 마침내 내 기분도 다시 고요해지고 엄숙해졌다. 폭풍은 지나갔고, 그녀의 모습은 창백한 달빛처럼 가볍게 일렁이는 내 사랑의 물결 위를 떠다녔다. 이 사랑이라는 전 세계에 걸친 대양은 모든 사람들의 마음을 관통해서 흐르고, 모두가 그것이 자신의 것이라고 하지만, 사실은 만물을 소생시키는 인류 전체의 맥박인 것이다. 나는 차라리 눈에 보이는 저 밖의 만물들이 점점 더 고요해지고 어두워지듯이 조용히 침묵을 지키고 싶었다. 그러나 그

녀가 나에게 책을 건넸기 때문에, 나는 읽기 시작했다.

"사랑스런 고지의 소녀여,
넘쳐나는 아름다운 자태는 그대의 타고난 재산!
일곱을 곱절한 세월이 그대의 머리에
가장 풍성한 은혜의 화관을 씌웠도다.
여기 이 잿빛 바위, 저 조그만 빈터에는
베일을 반만 걷어 올린 나무들,
고요한 호숫가로 졸졸 흘러내리는
폭포수.
산으로 둘러싸인 아담한 계곡,
그대의 거처를 둘러가는 한적한 길 ―
이 모두가 어울려 진정으로
꿈속에서 지어낸 것 같고,
속세의 번뇌가 깊이 잠든 동안
은신처에서 고개를 내미는 듯한 형상들이로다!
그러나 곱디고운 소녀여! 일상의 생활 속에서도
그토록 아름다운 자태를 빛내니,

그대가 환영에 지나지 않는다 하더라도

신의 가호를 빌리라, 진심어린 마음으로 −

마지막 그날까지 신의 은총이 함께 하기를!

내 그대를 모르고, 그대의 주변 사람들도 모르지만,

어쩐 일인지 내 눈에는 눈물이 고이도다.

내 멀리 떠나게 되면

진심으로 그대 위해 기도하리라.

그대만큼 다정함과 순진함이

한없이 순수하게 여물어가는 것을

그토록 명백히 알 수 있는 자태나 표정을

나는 아직 보지 못했음이라.

그대는 여기 인적도 드문 곳에

무심코 뿌려진 씨앗처럼 떨어져 있으니,

주저하며 머뭇거리거나 처녀답게 부끄러워하는

표정을 지을 필요가 없도다.

그대의 이마에는 산山 사람의 자유가

그대로 드러나 있지 않은가.

기쁨이 넘치는 얼굴에

온정으로 피어나는 부드러운 미소를 띠고!

그대의 인사에서 자주 드러나는

완벽한 기품은 그대 몸가짐에도 드리워져 있다.

서툰 말 몇 마디로는 감당하지 못할

성급한 생각들이 그대를 힘들게 한다.

그것은 달콤한 자제력이며, 그대의 몸짓에

우아함과 생명력을 불어넣는 멋진 노력이다!

그래서 나는 폭풍을 좋아하는 새가

거친 바람에 맞서 한사코 날아오르려는 모습을 보고

마음속으로 감동 받지 않을 수 없었지.

이토록 어여쁜 그대를 위해

누가 화관을 엮어주려 하지 않겠는가?

오, 얼마나 넘쳐나는 기쁨인가! 들꽃들이 무성한

이 골짜기에서 그대 곁에 머물며,

그대와 같이 분방하게 행동하고 치장을 한다면

나는 양치기, 그대는 양치기 소녀!

그러나 나는 그대에게 정말로 실현될 수도 있을

소망을 하나 품고 싶다.

그대는 나에게 저 거친 바다의 파도에 지나지 않지만,

가능하다면 그대에게 청하고 싶다.

비록 평범한 이웃 사람에게나 가능하다고 해도

그대의 말을 듣고, 그 모습을 보기만 해도 얼마나 큰 기쁨일까!

그러니 나는 그대에게 오빠나 아버지, 혹은

그 무엇이든 되고 싶다!

하늘에 감사드리노라! 하늘의 은총으로

이 한적한 곳으로 발길을 돌리게 되었으니.

나는 기쁨을 누렸고, 그래서 떠나는 길에

보상도 함께 가져가노라.

이런 곳에서라면 우리는 기억의 소중함을 깨닫고,

기억 속에 영원히 볼 수 있는 눈이 있음을 알게 된다.

그러니 내가 머뭇거리며 떠나야 할 이유가 어디 있겠는가?

나는 이곳이 그대에게 꼭 어울리는 장소라 여긴다.

그리고 그대가 살아가는 동안 늘

예전과 변함없이 새로운 기쁨을 주게 되리라.

사랑스런 고지의 소녀여! 그대와의 작별을

주저 않고 오히려 진심으로 기뻐하노라.

내가 늙어서도 지금과 똑같이 아름다운

모습들을 그려볼 것으로 생각되기에.

작은 오두막과 호수, 계곡과 폭포수

그리고 이 모든 것들의 중심에 있는 그대를."

시를 다 읽고 나자 한 모금의 시원한 샘물을 마신 듯했다. 얼마 전까지만 해도 나는 너무나 자주 커다란 나뭇잎을 깔때기 모양으로 만들어 샘물을 방울방울 흘리며 떠 마시지 않았던가!

그때 넋을 잃고 간절하게 기도를 올리고 있는 우리를 깨워주는 오르간이 울리는 듯한 부드러운 그녀의 목소리가 들렸다.

"나는 당신이 바로 이 시에서처럼 나를 사랑해주기를 바라고, 노의사도 그런 식으로 나를 사랑하고 계시니, 어떤 식으로든 모두 사랑하고 서로를 믿고 싶어요. 그러나 세상 사람들은 비록 내가 잘 모르기는 해도 이러한 사랑과 믿음을 이해해줄 것 같지가 않군요. 그들은 우리가 행복하게 살아갈 수도 있는 이

세상을 아주 처참한 곳으로 만들어놓았어요.

예전에는 분명 그렇지 않았던 것 같아요. 그랬다면 호머가 어떻게 나우시카라는 그토록 사랑스럽고 올곧고 다정다감한 인물을 만들어낼 수 있었겠어요! 나우시카는 오디세우스에게 첫눈에 반하죠. 그녀는 즉각 자기 친구들에게 '저런 남자가 내 남편이 되어 이곳에 남을 수 있다면 얼마나 좋을까' 하고 말해요. 하지만 그녀는 그와 함께 시내에 나타나는 것조차 부끄러워하지요. 그러면서도 만약 자신이 그토록 멋지고 늠름한 외지인을 집으로 데려간다면 사람들이 신랑감을 데려왔다고 놀릴 것이라고 그에게 대놓고 말해요. 이 모든 것이 얼마나 솔직하고 자연스러운가요. 그러나 그가 처자식이 있는 고향으로 돌아가길 원한다는 말을 듣자, 그녀는 한마디 원망도 않고 사라져버려요. 그녀는 그 멋지고 늠름한 남자의 모습을 분명 아주 오랫동안 조용히, 의연하게 가슴속에 품고 있었을 것이라는 느낌이 들어요. 왜 우리나라의 시인들은 이런 사랑을 모른단 말인가요? — 이렇게 거리낌 없이 고백하고, 이렇게 조용히 헤어지는 사랑을 말이죠! 최근의 어떤 시인이라면, 그는 나우시카를 여자 베르테르로 만들어 자살을 하도록 꾸몄을 거예요. 그 이유는 사랑이 우리에게는 결혼이라는 희극 아니면 비극의 전주곡에 지나지 않기 때문이죠. 정말 그렇지 않은 사랑은 이제 없는 것일까요? 이 순수한 행복의 원천은 완전히 말라버린 것인가요? 사람들은 오로지 도취시켜주는 묘약만 알고, 생기 넘치게 해주는 사랑의 샘물은 더 이상 모른단 말인가요?"

이 말을 듣자 나는 갑자기 다음과 같이 한탄한 영국 시인이 머리에 떠올랐다.

만약 이러한 믿음이 하늘이 내린 것이라면,
이런 것이 자연의 거룩한 계획이라면,
사람들 스스로가 이렇게 망가진 데 대해
한탄해야 할 이유가 충분하지 않겠는가?

그녀가 말했다. "하지만 시인들은 얼마나 행복할까요? 그들의 말은 메마른 정서를 가진 수많은 사람들에게 지극히 깊은 감정들을 일깨우고, 그들의 노래는 얼마나 자주 달콤한 비밀의 고백으로 변했던가요! 그들의 심장은 가난한 사람들이나 부유한 사람들 모두의 가슴 속에서 뛰고 있고, 행복한 사람은 그들과 함께 웃고, 슬픈 사람은 그들과 함께 울어요. 그러나 나는 그 어떤 시인에게서도 워즈워스만큼 내 마음과 꼭 맞는 느낌을 가질 수 없어요. 그를 좋아하지 않는 친구들도 많다는 것은 알고 있어요. 그들은 워즈워스는 시인이라 할 수 없다고 말하죠. 그러나 나는 바로 그가 기존의 모든 시적 상투어들, 모든 과장된 표현들, 시적 열정이 넘치는 일체의 것을 피한다는 점이 마음에 들어요. 그는 진솔해요. …… 그리고 바로 이 말 한마디에 그 모든 것이 다 들어 있지 않겠어요! 그는 초원에 핀 데이지 꽃처럼 우리 발치에 흩어져 있는 것들의 아름다움에 대해 눈을 뜨게 해 줍니다. 그는 모든 것을 있는 그대로 나타내죠. …… 누구를 놀라게 하거나 속이거나 현혹시키려 하지 않아요. 자신에게 찬사가 돌아오는 것을 원하지 않아요. 그는 단지 사람들에게 인간의 손길이 아직 비틀거나 꺾어놓지 않은 모든 것이 얼마나 아름다운지 보여주려 할 뿐이에요. 풀줄기에 맺힌 이슬방울이 금반지에 박힌 진주보다 더 아름답게 표현되어 있지 않은가요? 어디선가 졸졸거리는 소리를 내며 흐르는 샘물이 베르사이유 궁전의 그 어떤 인공 분수보다 더 경이롭지 않은가요? 그의 〈고지의 소녀〉가 괴테의 헬레나나 바이런의 하이디보다 더 사랑스럽고,

진정한 아름다움에 더 걸맞은 상징적인 인물이 아닌가요! 그리고 그의 시어의 은밀함과 생각의 순수함은 또 어떤가요? 우리에게 그런 시인이 한 명도 없다는 것이 얼마나 안타까운 일인지! 실러가 만약 고대 그리스인들이나 로마인들보다 자기 나라 국민들을 더 깊이 신뢰했더라면, 우리나라의 워즈워스가 될 수도 있었을 거예요. 우리의 뤼커르트가 자신의 보잘것없는 조국을 등지고 동방의 장미에서 위안과 안식처를 찾지 않았더라면, 워즈워스와 가장 가까운 인물이 되었겠죠. 있는 그대로의 자기 모습을 보여주려는 용기를 가진 시인들은 얼마 되지 않아요. 워즈워스는 그런 용기를 가지고 있었어요. 위대한 인물들 중에는 사실 그리 위대하지 않고, 다른 평범한 인간들처럼 조용히 자신의 생각에 몰두하고, 침착하게 어떤 현명한 깨달음을 통해 무한함에 대한 새로운 전망을 얻을 순간을 기다리는 사람들도 있어요. 그렇지만 우리가 그런 사람들의 말에도 기꺼이 귀 기울이듯이, 나도 누구나 말할 수 있는 그런 내용밖에 들어 있지 않은 시들을 읽으면서도 워즈워스를 너무나 좋아해요. 위대한 시인들은 평정심을 잃지 않아요. 호머의 작품에는 종종 단 하나의 아름다움에 대한 표현도 들어 있지 않은 부분이 100행도 넘고, 단테의 작품에서도 마찬가지예요. 반면에 당신들 모두가 그토록 찬미하는 핀다르는 격정적인 표현 때문에 포기해야 할 지경이에요. 내가 한번쯤 영국의 호수 지역에서 여름을 보낼 수 있다면 무얼 더 바라겠어요. 워즈워스와 함께 그가 시로 읊었던 모든 곳을 방문하고, 그의 덕분에 잘려나가는 것을 면하게 된 모든 나무들에게 인사를 건네고, 단 한 번만이라도 오직 터너만이 그릴 수 있을 그런 아득한 석양의 모습을 그와 함께 볼 수만 있다면 말이죠."

말을 마칠 때 그녀는 목소리를 대부분의 사람들처럼 내리는 것이 아니라 반대로 올려서 의문문처럼 끝내는 것은 참으로 독특했다. 그녀는 사람들에게 매번 끝을 내리는 것이 아니라 올리며 말을 했다. 그 멜로디는 어린 아이가 '그렇지 않아요, 아빠?' 하고 말하는 것과 같았다. 그녀의 어조는 간청하는 듯해서 반박하기란 거의 불가능했다. 그래서 나는 이렇게 대답했다.

"워즈워스는 나도 좋아하는 시인이고, 인간으로서는 더욱 호감이 가는 사람이에요. 사람들이 종종 힘들이지 않고 올라가는 낮은 언덕에서 힘들이고 고생해서 몽블랑 정상을 기어오를 때보다 더 아름답고, 더 충만하고, 더 감동적인 경치를 볼 수 있듯이, 나도 워즈워스의 시를 대할 때 그런 느낌이 들어요. 처음에는 그 사람이 진부하다는 생각이 들어 자주 그의 시집을 손에서 놓아버렸고, 오늘날의 영국 최고의 지성인들이 어떻게 해서 그를 그토록 찬미하고 나서는지 이해가 되지 않았어요. 그러나 나는 자기 나라 국민들이나 자기 민족의 정신적 귀족층이 시인으로 인정한 그 어떤 언어권의 시인도 언제까지나 외면당하지는 않을 것이라는 확신을 가지게 되었어요. 찬미하는 것은 우리가 배워야 하는 하나의 요령이에요. 많은 독일인들은 '라신은 우리 마음에 들지 않는다'고 말하죠. 영국인들은 '나는 괴테를 이해할 수 없다'고 말합니다. 프랑스인들은 '셰익스피어는 천박한 농부다'고 말합니다. 그 말이 의미하는 것이 무엇일까요? 그것은 어린아이가 베토벤의 교향곡보다는 왈츠 곡을 더 좋아한다고 말하는 것과 다르지 않아요. 요령은 모든 국가의 국민들이 자신의 위대한 인물들에 대해 찬미하는 점이 무엇인지 알아내고 이해하는 것이지요. 아름다움을 추구하는 사람은 결국 그것을 찾게 되고, 페르시아인들조차 자신의 하피스를, 인도인들조차 자신의 칼리다사를 터무니없이 존경하는 건 아니라는 사실을 깨닫게 됩니다. 위대한 인물은 쉽사리 이해되지 않아요. 그런 사람을 이해하려면 능력과 용기, 그리고 끈기가 필요하죠. 첫눈에 마음에 드는 것은 묘하게도 오래가는 경우가 드물어요."

"그렇기는 하지만……." 그녀가 말하는 도중에 끼어들었다. "세상의 모든 위대한 시인들, 모든 진정한 예술가들, 이 모든 영웅들에게는 ― 그들이 페르시아인이든 인도인이든, 기독교인이든 비기독교인이든, 로마인이든 게르만인이든 상관없이 ― 공통점이 있어요. 그것을 저는 뭐라 불러야 좋을지 모르겠어요. 그러나 그런 사람들의 영감의 원천으로 여겨지는 것은 무한함이에요. 영원한 것에 대한 심원한 통찰력, 아무리 사소하고 무상한 것이라도 신성시하는 것이지요. 대표적인 비기독교인인 괴테는 '하늘에서 내려지는 달콤한 평온'을 잘 알고 있어요. 그는 이렇게 시를 읊었어요.

산꼭대기마다
고요가 깃들고,
나무 우듬지마다
조금의 움직임도
느껴지지 않는다.

새들은 숲속에 잠들어 있다.

조금만 기다리라, 그러면

그대 또한 안식을 얻게 되리니!

　이 시에서는 높은 전나무 우듬지들 위로 끝없는 광활함이, 이 지상에서는 주어질 수 없는 고요함이 열리지 않나요? 워즈워스에게서도 이러한 배경은 결코 빠지지 않아요. 그리고 그를 비난하는 사람들이 뭐라고 주장하든, 인간의 마음을 매료시키고 감동시키는 것은 비록 드러나 있지 않더라도 초월적인 것뿐이에요. 미켈란젤로보다 이 지상의 아름다움을 더 잘 이해한 사람이 어디 있겠어요? …… 그러나 그가 아름다움을 이해한 것은 그것이 그에게는 초월적인 아름다움의 반영이었기 때문이에요. 당신은 그가 쓴 소네트를 알고 있겠지요.

소네트

아름다움이 나를 천국으로 이끌어주는구나

(이 세상에서 내 마음에 드는 것은 오직 아름다움뿐)

이렇게 나는 산 채로 영혼의 전당으로 들어선다 –
죽어야 할 운명의 인간에게 이러한 축복은 참으로 드문 일이다!

작품 속에는 창조주가 이렇게 자리하고 있어
그 작품에 영감을 받은 나는 창조주를 참배하며,
단지 아름다움에 취한 내 마음을 움직이는
그 모든 생각들을 형상화할 뿐.

내가 그 아름다운 눈에서 시선을 떼지 못하는 것은
신의 낙원으로 향하는 길을 알려주는 빛이
그 속에 들어 있음을 알기 때문이다.

그리고 그 광채에 싸여 내가 불타오르는 것을 느끼면,
나의 고귀한 불꽃 속에 은은하게
천국에 자리하고 있는 기쁨이 반영된다."

**그녀는 기운이 빠져 말을 중단했다. 내가 어떻게 이 침묵을
깰 수 있단 말인가? 서로의 생각을 다정하게 교환하고 나서 두**

사람의 마음이 만족해하며 침묵을 지킬 때, 그럴 때 우리는 분명 천사가 방을 날아다닌다고 말할 것이다. 나에게는 평온과 사랑의 천사가 희미하게 날갯짓하는 소리가 우리의 머리 위로 들리는 것만 같았다. 나의 시선이 그녀에게 머물고 있는 동안 그녀의 육신은 여름날 저녁 어스름 속에서 거룩해지는 것 같아 보였다. 다만 내가 붙들고 있던 손만이 그녀가 실제로 내 곁에 있다는 것을 느끼게 해주었다. 그때 갑자기 한줄기 밝은 빛이 그녀의 얼굴에 가 닿았다. 그녀도 그것을 느끼고 눈을 뜨고 이상하다는 듯이 나를 쳐다보았다. 반쯤 처진 속눈썹이 베일처럼 가리고 있던 두 눈에서 신비한 광채가 번개처럼 번쩍였다. 나는 주위를 둘러보다가 마침내 달이 아주 장엄하게 두 언덕 사이에서 성을 향해 떠올라 호수와 마을을 다정한 미소로 비춰주고 있다는 사실을 알아차렸다. 나는 자연을, 그녀의 사랑스러운 얼굴을 이토록 아름답게 느껴본 적은 한 번도 없었다. 이토록 복된 평온이 내 마음을 관통하고 흘렀던 적은 한 번도 없었다. "마리아" 하고 나는 불렀다. "이 거룩한 순간에 솔직하게 나의 모든 사랑을 당신에게 고백하게 해주오. 우리가 천상의 아름다움을 이토록 가깝게 느끼는 곳에서 어떤 것도 다시 끊을 수 없는 영혼의 결합을 맺읍시다. 마리아, 사랑이 어떤 것이든, 나는 당신을 사랑해요. 그리고 마리아, 당신이 내 사람이라는 것을 느낍니다. 왜냐하면 내가 당신 사람이니까요."

나는 그녀 앞에 무릎을 꿇고 앉아 감히 그녀의 눈을 쳐다볼 엄두도 내지 못했다. 내 입술이 그녀의 손에 닿았고, 그 손에 키스를 했다. 그러자 그녀는 처음에는 망설이는 듯하더니, 나중에는 단호하게 손을 빼냈다. 내가 고개를 들고 쳐다보자 그녀의 얼굴에는 괴로운 표정이 담겨 있었다. 그녀는 계속 입을 다물고 있더니, 마침내 깊은 한숨을 쉬며 몸을 일으키고 말했다.

"오늘은 이만해요. 당신은 내 마음을 무겁게 만들었어요. 그러나 그것은 내 자신 때문이에요. 창문을 닫아줘요. 낯선 사람의 손길이 내 몸을 스치는 것처럼 차가운 한기가 느껴져요. 내 곁에 있어줘요. …… 아니, 아니에요. 당신은 가보셔야 해요. 잘 가세요. …… 안녕히 주무세요. 신의 평온이 우리 곁에 머물도록 기도해주세요. 우리 다시 만날 거죠, 그렇죠? 내일 저녁에…… 당신을 기다리고 있겠어요."

아, 그토록 충만했던 천국의 평온은 갑자기 어디로 사라졌단 말인가? 나는 그녀가 괴로워하는 모습을 보았고, 내가 할 수 있

는 행동은 급히 나가서 영국인 여자를 불러오고, 밤의 어둠 속에서 외로이 마을로 내려가는 것이 전부였다. 그러고도 나는 오랫동안 호숫가를 이리저리 서성였고, 내 눈길은 방금 전까지 그녀와 함께 있었던 방의 불 켜진 창문을 한참이나 배회했다. 마침내 성에서는 마지막 불빛이 꺼졌다. 그리고 달이 점점 더 높이 떠올라 모든 첨탑, 돌출창, 낡은 성벽의 장식물들 하나하나가 고혹적인 달빛 속에서 뚜렷이 보였다. 나는 한밤중에 완전히 혼자가 되었고, 머리는 멍해서 아무것도 할 수 없었다. 왜냐하면 어떤 생각도 끝까지 이어지지 못했고, 나는 이 세상에 완전히 혼자이며, 나를 위해주는 사람은 한 명도 없다는 느낌뿐이었기 때문이다. 땅은 관 같았고, 검은 하늘은 시신을 덮는 천 같았으며, 나는 나 자신이 아직 살아 있는지, 이미 오래전에 죽은 몸인지 알 수가 없었다. 순간 고요히 자신의 궤도를 운행하며 반짝이고 있는 별들을 올려다보았다. 그 별들은 오직 인간들에게 빛을 밝혀주고 위로해주기 위해 존재하는 것처럼 여겨졌다. 그런데 나는 어두운 하늘에서 너무나 뜻밖에도 두 개의 별이 내 눈에 들어왔다. 그 순간 내 가슴에서 감사의 기도가 새어나왔고, 그것은 내 천사의 사랑에 대한 감사의 기도였다.

마지막 회상

　잠에서 깨어났을 때, 태양은 이미 산등성이 높이 떠올라 창문을 통해 방 안을 들여다보고 있었다. 저것이 어제 저녁의 그 태양이란 말인가? 그 태양은 우리 두 사람의 영혼의 결합을 축복해주면서도 작별을 하는 친구처럼 오래 망설이는 눈길로 우리를 내려다보다가 마치 헛된 희망처럼 사라져갔었다. 그런데 지금은 즐거운 잔칫날을 축하해주기 위해 환한 눈빛으로 달려오는 어린아이처럼 나를 비춰주고 있지 않은가! 그리고 나는 몇 시간 전만 하더라도 몸과 마음이 피폐해져서 침대에 몸을 던졌던 바로 그 인물이란 말인가? 그런데 지금은 다시 이전과 같은 삶의 의욕이 일어나고, 신선한 아침 공기처럼 쾌감과 생기를 불어넣어주는 신과 나 자신에 대한 믿음까지 되살아난다! 인간은 잠이 없었다면 어떻게 되었을까? 우리는 이 밤의 전령이 우리를 어디로 끌고 가는지 알지 못한다. 그리고 이 전령이 밤에 우리의 눈을 감길 때, 아침에 다시 눈을 뜨게 해주고 다시 우리 자신으로 되돌려놓는다고 누가 보장할 것인가? 인류 최초의 인간이 이 낯선 친구에게 몸을 맡길 때는 용기와 믿음이 필요했으리라. 그리고 우리의 본성 어딘가에 어떤 불가항력적인 것이 들어 있어 우리가 믿어야 하는 모든 일들을 억지로 믿고 따르게 되는 것이다. 그렇지 않다면 아무리 피곤하다 하더라도 누구도 자발적으로 눈을 감고 이 미지의 꿈나라에 발을 들여놓지는 않으리라. 우리는 나약하고 지쳐 있을 때, 신의 섭리에 대한 신뢰와 우주의 완벽한 질서에 기꺼이 따를 수 있는 용기를 얻는다. 그리고 깨어 있건 잠을 자건, 잠시만이라도 영원한 자아를 지금의 자신에게 묶어두는 속박에서 벗어나버리면 기운이 솟고 생기가 넘치는 느낌이 든다.

어제 흩어지는 저녁 안개처럼 어렴풋이 내 머리를 스쳐갔을 뿐이던 생각들이 불시에 명확해졌다. 우리 두 사람은 형제자매든, 부자 관계든, 신랑 신부든 서로 떨어질 수 없는 하나라는 느낌이 들었다. 우리는 영원히 함께 지내야만 했다. 우리가 더듬거리는 말로 사랑이라 부르는 것에 합당한 명칭을 찾아내기만 하면 되었다.

나는 너에게 오빠나 아버지, 혹은
그 어떤 것이든 되고 싶다!

바로 이 '어떤 것'에 무언가 명칭을 붙여야만 했다. 왜냐하면 세상 사람들은 이름 없는 것은 전혀 인정해주지 않기 때문이다. 그녀 자신도 다른 모든 사랑이 생겨나는 근원인 순수한 인류 보편적 사랑으로 나를 사랑한다고 말했었다. 나도 그녀에게 내 충만한 사랑을 고백했지만, 그녀가 놀라며 불편한 기색을 보인 것은 지금까지도 이해가 되지 않았다. 그러나 이제 그런 것들 때문에 우리의 사랑에 대한 믿음이 흔들리지는 않았다. 자기 내면에서 벌어지는 온갖 반응들조차 그토록 이해하기 힘든데, 왜 인간들의 마음속에서 일어나는 모든 일들을 납득하려고 애써야 한단 말인가? 자연에서든 인간에게든, 아니면 우리의 마음에서든 우리를 가장 매혹시키는 것은 바로 이 이해할 수 없는 것이다. 우리가 이해하는 인간, 그 저의를 해부학 시간의 표본처럼 생생히 들여다보고 있는 인간은 대부분의 소설에 등장하는 인물들처럼 우리의 관심을 끌지 못한다. 그리고 모든 것을 설명하려 애쓰고, 내면의 모든 불가사의를 부정하는 이 윤리적 합리주의만큼 우리의 삶과 인간에게서 느끼는 기쁨을 망쳐놓는 것은 없다. 모든 존재 속에는 풀리지 않는 어떤 수수께끼가 들어 있으며, 우리는 그것을 운명, 영감, 성품이라 부른다. 그리고 끊임없이 되풀이해서 나타나는 이 나머지 부분을 고려하지 않고서도 인간의 행동 하나하나를 분석할 수 있다고 믿는 사람은 자신도 이해하지 못하고 다른 인간들도 알지 못한다. 이제 나는 어제 저녁에 절망했던 그 모든 것을 극복했다. 드디어 앞날의 하늘을 흐려놓을 구름은 한 점도 없을 것처럼 보였다.

이런 기분으로 갑갑한 여관에서 확 트인 곳으로 나오는데 심부름꾼이 와서 편지를 전해주었다. 아름답고 고른 글씨체에서 그 편지는 마리아 백작에게서 온 것임을 금세 알아볼 수 있었다. 나는 숨 쉴 겨를도 없이 편지를 뜯어보았다 ― 한 인간이 기대할 수 있는 최고의 멋진 사연을 기대하면서. 그러나 곧 모든 기대가 무너져 내렸다. 그 편지에는 오늘 자신을 찾아오지 말아 달라는 당부의 말밖에 들어 있지 않았다. 궁정에서 손님들이 오기로 되어 있다는 것이었다. 다정한 말 한마디, 자신의 건강이 어떤지에 대한 소식 한 줄 없다니! 다만 끝머리에 추신이 달려 있었다. "내일 궁정 주치의가 와요. 그러니 모레 만나요."

이 부분에서 갑자기 내 인생의 비망록으로부터 이틀이 찢겨 나갔다. 완전히 찢겨 나가기라도 했다면 좋으련만 ― 그렇지 않았다. 이 이틀은 내 머리 위에 감옥의 연판 지붕처럼 드리워져 있었다. 그것은 내가 지내야 할 날들이었다. 그 날들을 왕좌를 이틀 더 차지하려는 어떤 왕이나 교회 문 옆의 댓돌에 앉아 이틀 더 구걸하려는 어떤 거지에게 적선하듯 내줄 수는 없지 않은가! 나는 한동안 멍하니 앞만 바라보고 있다가 아침에 올렸던 기도를 떠올렸다. 나는 자포자기하는 것보다 더한 불신은 없다고 다짐했었고, 인생에서 지극히 사소한 일이든 지극히 중요한 일이든, 그것은 아무리 힘들더라도 우리가 따라야만 하는 신의 위대한 계획의 일부라고 생각했었다. 나는 말을 타고 가다가 앞에 절벽이 나타나는 것을 본 사람처럼 급히 고삐를 당겼다. 나는 마음속으로 이렇게 외쳤다. '그렇다면 어쩔 수 없지. 신이 만든 이 세상은 한탄하고 슬퍼하며 지내는 곳이 아니니까.' 그녀가 적어 보낸 이 몇 줄의 편지를 손에 들고 있다는 것 자체가 행복이 아니겠는가? 그리고 얼마 후면 그녀를 다시 만나게 되리라는 희망이 지금껏 내가 누렸던 어떤 행복보다 더 큰 행복이 아니겠는가? 머리를 계속해서 물 위로 내밀고 있기만 하면 된다! 인생의 바다를 능숙하게 헤엄쳐가는 사람들은 모두가 이런 말을 한다. 그러나 더 이상 버틸 수 없다면, 완전히 잠수해버리는 것이 물이 계속해서 눈과 목구멍으로 들어오게 하는 것보다 더 나으리라! 우리가 인생의 사소한 불행을 당할 때마다 매번 신의 섭리라고 생각하기 힘들고, 매번 갈등이 일어날 때마다, 어쩌면 당연한 일일지도 모르지만 인생의 관습에서 벗어나 신이 존재하는 곳을 찾아가는 것이 꺼려질 때, 그럴 때 우리에게 인생은 의무가 아니라 요령으로 여겨질 것이다. 버릇없이 굴고 무엇을 잃거나 아플 때마다 매번 침통하게 불평을 늘어놓는 아이보다 더 꼴사나운 것이 어디 있겠는가? 눈물이 고인 눈에서 벌써 다시 기쁨과 순진함의 빛이 반짝이는 그런 아이보다 더 아름다운 것은 없다. 마치 봄비에 흔들리고 떨리다가 햇살이 뺨에 흐르는 눈물을 말려주는 사이에 금세 다시 꽃을 피우고 향기를 내뿜는 꽃송이처럼 말이다.

이 불행한 운명에도 불구하고 나에게는 곧 이 이틀을 그녀와 함께 보낼 수 있는 좋은 생각이 떠올랐다. 오래전부터 나는 그녀가 들려준 사랑스러운 말들, 나에게 털어놓은 그토록 많고 멋진 생각들을 기록으로 남겨두고 싶었다. 그렇게 해서 이 이틀은 우리가 함께 보낸 소중한 시간들을 회상하고, 더 멋진 앞날을 기대하며 보냈다. 나는 그녀 곁에서 그녀와 함께 있었고, 그녀의 마음속에서 지냈으며, 그녀의 영혼과 사랑이 서로 손을 잡고 있을 때보다 더욱 가까이 있음을 느꼈다.

지금 이 수기는 나에게 얼마나 소중한가? 이것을 몇 번이나 읽고 또 읽었던가? 그녀의 말을 한 마디라도 빠뜨린 것은 아닌가 해서 그런 것은 아니었다. 이 수기는 내 행복의 증거였기 때문이다. 그리고 이 수기 속에서는 말 없이도 수많은 생각을 전하는 친구의 눈길과 같은 어떤 것이 나를 내다보고 있다. 지난 시절의 행복을 회상하고, 지난 시절의 고통을 돌아보고, 먼 과거로 고요히 침잠하면, 그때는 우리를 둘러싸고 연결시켜주는 모든 것은 사라지고, 마음은 수년 전에 죽어 잡초만 무성한 자식의 무덤 앞에 쓰러지는 어머니처럼 고요히 가라앉는다. 그 어떤 소망, 어떤 욕구도 이 어쩌지 못하는 체념의 정적을 깨뜨리지 못한다. 이것을 우리는 아마 비애라고 부를 것이다. 그러나 이 비애 속에는 어떤 행복감이 들어 있다. 이것은 오직 깊이 사랑하고 철저히 괴로워해본 사람들만이 알고 있다. 어떤 어머니에게 이전에 자신이 결혼식 때 썼던 면사포를 딸의 머리에 둘러주며, 이제는 사별하고 없는 남편을 떠올릴 때 어떤 느낌이 드는지 물어보라. 어떤 남자에게 사랑했지만 갈라서지 않을 수 없었던 처녀가 나중에 죽고, 그녀에게서 자신이 젊은 시절에 주었던 마른 장미를 다시 전해 받을 때 무엇을 느낄지 물어보라. 그 두 사람은 눈물을 흘리겠지만, 그들의 눈물은 고통의 눈물도 아니고 기쁨의 눈물도 아니다. 그것은 인간이 신의 은총에 귀의해서 자신이 가진 가장 소중한 것이 조용히 사라져가는 것을 신의 사랑과 지혜를 믿고 바라보며 흘리는 희생의 눈물이다.

그러나 다시 기억 속으로, 과거의 생생한 현실 속으로 돌아가보자! 그 이틀은 너무나 빨리 지나갔고, 행복한 재회의 순간이 점점 다가올수록 나는 온몸이 떨렸다. 첫날 성에는 고향 소도시의 마차들과 말을 탄 사람들이 도착하고, 각양각색의 손님들로 활기차게 돌아가고 있었다. 지붕에는 깃발들이 펄럭였고, 안뜰에서는 음악이 울려 퍼졌다. 저녁에는 호수에서 흥겨운 뱃놀이가 벌어졌고, 물결 위로 남자들의 우렁찬 노랫소리가 들렸다. 그녀도 창가에서 이 노랫소리에 귀 기울이고 있을 것이라는 생각이 들어 나도 귀담아 듣지 않을 수 없었다. 둘째 날까지도 모든 것이 분주하게 돌아갔고, 오후가 되어서야 손님들은 떠날 채비를 했다. 그리고 저녁 늦게 나는 궁정 주치의의 마차가 홀로 고향 소도시로 되돌아가는 것도 보았다. 그러자 나는 더 이상 견딜 수가 없었다. 그녀가 홀로 남아 내 생각을 하고 있으며, 내가 찾아오기를 바라고 있다는 것을 알고 있었다. 그런데도 하룻밤을 더 보내야만 했다. 그녀의 손 한번 잡아보지도 못하고, 이제는 떨어져 지낼 필요가 없으며, 하룻밤만 자고 나면 새로운 축복을 받게 될 것이라는 말도 못하다니! 아직 그녀의 창에 불이 켜져 있는 것이 보였다. 그녀는 왜 홀로 지내야 하며, 한순간만이라도 그녀의 달콤한 존재를 느껴서는 안 될 이유가 어디 있단 말인가? 어느덧 성에 도착해서 초인종 줄을 당기려는 순간, 나는 갑자기 멈춰 서서 속으로 말했다. 아니야! 약한 모습을 보이지 마! 너는 밤중의 도둑처럼 그녀 앞에 서서 부끄러워할 거야. 내일 아침에 전장에서 돌아오는 영웅처럼 당당하게 그녀 앞으로 나아가도록 해. 그녀는 지금 내일 그 영웅의 머리에 씌워줄 사랑의 월계관을 엮고 있어.

그리고 아침이 찾아왔고, 나는 그녀 곁에 와 있었다 ─ 정말로 그녀 곁에. 오, 정신이 육신 없이도 존재할 수 있을 것처럼 말하지 말라! 완전한 존재, 완전한 의식, 완전한 기쁨은 정신과 육신이 하나인 곳에서만 주어진다. 그것은 육신화된 정신이고 정신화된 육신이다. 육신 없는 정신은 존재하지 않는다. 만약 그런 것이 있다면, 그것은 유령일 뿐이다. 정신 없는 육신도 존재하지 않는다. 만약 그런 것이 있다면, 그것은 시신일 뿐이다. 들에 핀 꽃은 정신이 없을까? 그 꽃은 자신을 지켜주고 생명을 주고 키워주는 창조주의 생각, 신의 의지로 인해 세상을 내다보지 않는가? 그것이 그 꽃의 정신이다. 다만 정신은 꽃 속에서는 말을 하지 않을 뿐이다. 반면에 인간에게서는 말을 통해 겉으로 드러난다. 진정한 삶은 늘 육체적 삶이면서 정신적 삶이다. 진정한 향락은 늘 육체적 정신적 향락이다. 진정한 합일은 늘 육체와 정신의 합일이다. 내가 그녀에게 찾아와 정말로 함께 있

게 되자, 이틀 동안 그토록 행복하게 보낸 기억의 세계 전체가
마치 그림자처럼, 마치 물거품처럼 사라져버렸다. 나는 실제로
그녀가 존재하는지 알아보기 위해, 확실히 알아보기 위해 그녀
의 이마와 눈, 그리고 뺨에 손을 대보고 싶었다. 밤낮으로 내 눈
앞에 어른거렸던 그 모습뿐 아니라, 내 사람은 아니지만 내 사
람이 될지, 또 되기를 원하는 존재인지도 확실히 알아보고 싶었
다. 그녀는 나 자신만큼이나 확실하게 믿을 수 있는 그런 존재,
나에게서 멀리 떨어져 있지만 나 자신보다 더 가까이 여겨지는
그런 존재였다. 그녀가 없었다면 내 인생은 인생이 아니고, 죽
음조차 죽음이 아니었다. 그녀가 없었다면 내 가련한 목숨은 무
한 속에서 한숨처럼 여운도 없이 사라져버렸을 것이다. 그녀는
그런 존재였다. 내 생각과 시선이 온통 그녀에게로 향하자, 지
금 이 순간 내 인생의 행복이 성취되었다는 느낌이 들었다. 그
리고 어떤 전율이 밀려왔고, 나는 죽음을 떠올렸다. 그런데 죽
음은 더 이상 두려움을 불러일으키지 않았다. 왜냐하면 죽음은
이 사랑을 파괴시킬 수 없고 — 오히려 정화시켜주고, 고결하게
해주고, 불멸로 남길 뿐이기 때문이었다.

　그녀와 함께 아무 말 없이 앉아 있기만 해도 너무나 행복했

다. 그녀의 표정에는 영혼의 깊이가 완연하게 드러나 있었고, 내가 그녀를 바라보고 있노라면 금세 그녀의 속마음과 내면의 움직임이 전부 드러났다. '당신이 참 안됐어요' 하고 그녀는 말하는 것처럼 보였지만, 그 말을 입 밖으로 꺼내지 않으려 했다. '마침내 우리가 다시 만나게 되었죠? 진정하세요! 한탄하지 말아요! 묻지도 마세요! 주저하지 마세요! 잘 왔어요! 나에게 화내지 말아요!' 그녀의 눈에서 이 모든 말들이 흘러나왔지만, 아직도 우리는 감히 어떤 말을 꺼내 우리의 행복이 가져다주는 평온한 분위기를 깨려 하지 않았다.

"당신, 궁정 주치의에게서 편지를 받았나요?" 이것이 그녀의 첫 물음이었고, 그녀의 목소리는 말 한마디 한마디가 나올 때마다 떨리고 있었다.

"아뇨" 하고 나는 대답했다.

그녀는 한동안 말이 없더니 결국 입을 열었다. "이왕 이렇게 되었으니, 어쩌면 내가 당신에게 모든 것을 직접 말해주는 것이 더 잘된 일인지도 모르겠어요. 친구여, 우리의 만남은 오늘이 마지막이에요. 원망하지도 화내지도 말고 조용히 헤어지도록 해요. 내가 많은 잘못을 저질렀다는 느낌이 들어요. 나는 약한 미풍이라도 종종 꽃잎을 떨어뜨린다는 생각을 하지 못하고 당신의 인생에 개입했어요. 나는 세상사를 너무나 몰라요. 나 같은 가련하고 고통 받는 인간이 당신에게 동정심 이상의 감정을 불러일으킬 수 있을 거라고는 생각하지 못했어요. 내가 당신을 다정하고 허물없이 대했던 이유는 서로 알고 지낸 지 오래 되었고, 당신 곁에 있으면 기분이 아주 좋았기 때문이에요. ─ 다 털어놓지 못할 이유가 어디 있겠어요? ─ 당신을 사랑했기 때문이죠. 그러나 세상 사람들은 이러한 사랑을 이해하지 못하고 용납하지도 않아요. 궁정 주치의가 나에게 이 사실을 깨닫게 해주었어요. 그 소도시 사람들 모두가 우리 이야기를 하고 있어요. 섭정을 맡은 남동생이 영주이신 아버지께 편지를 보냈고, 아버지는 당신을 다시는 만나지 말도록 요구했어요. 당신을 이토록 고통스럽게 만든 것을 깊이 후회하고 있어요. 나를 용서한다고 말해줘요. …… 그리고 우리 친구로서 헤어지도록 해요."

그녀는 눈에 눈물이 고이자 내게 눈물을 보이지 않으려고 눈을 감았다.

"마리아! 나에게 인생은 단 하나뿐이에요. 그것은 당신과 함께 하는 것이지요. 또한 내가 따라야 하는 뜻도 단 하나뿐이죠.

그것은 당신의 뜻이에요. 그래요, 나는 당신을 모든 열정을 바쳐 사랑한다고 고백합니다. 그러나 나는 당신과 어울리지 않는다고 생각해요. 당신은 신분, 품위, 순결함에 있어 나보다 훨씬 높은 사람이에요. 나는 당신을 언젠가 내 아내로 맞이하겠다는 생각은 절대 할 수 없어요. 그렇지만 우리가 함께 인생을 보낼 수 있는 다른 방도가 없군요. 마리아, 당신은 자유롭게 결정을 내릴 수 있어요. 나는 희생을 요구하지 않아요. 세상은 넓고, 만약 당신이 원한다면, 우리 다시는 만나지 말도록 합시다. 그러나 당신이 나를 사랑한다면, 당신이 나의 사람이라고 여긴다면 ― 아, 그렇다면 세상 사람들과 그들의 냉혹한 판단은 무시하도록 합시다. 나는 당신을 팔에 안고 제단 앞으로 데려가서 무릎 꿇고 이승에서나 저승에서나 당신의 사람이 되겠다고 맹세할 거예요."

"친구여! 불가능한 것은 바라지도 말아요. 만약 이러한 관계를 통해 우리가 이승에서 하나로 되는 것이 신의 뜻이었다면, 나에게 가련한 어린아이 이상 되지 못하게 만드는 이런 고통이 주어졌을까요? 우리가 인생에 있어서의 운명, 여건, 상황이라고 부르는 것이 실제로는 신의 뜻에 의한 것임을 잊지 말아요.

그것을 거역하는 것은 신을 거역하는 것이 되지요. 신을 모독하는 짓이라고 할 수도 있겠지요. 인간들은 이곳 지상에서 하늘의 별들처럼 정해진 길을 따라가요. 신은 인간들에게 서로 만나는 궤도를 그려주었고, 그들이 헤어져야 한다면 헤어지는 수밖에 없어요. …… 그들이 거역하는 것은 무모한 짓이고, 어쩌면 그 저항은 이 세상의 질서를 온통 무너뜨릴지도 몰라요. 우리는 그 것을 이해할 수는 없지만 믿을 수는 있어요. 나 자신도 내가 당신을 좋아한 것이 왜 부당한 일인지 이해할 수 없어요. 아니, 나는 그것을 부당한 일이라고 부를 수도 없고, 그렇게 부르고 싶지도 않아요. 그러나 불가능한 것은 어쩔 수 없잖아요. 친구여, 이것으로 됐어요. …… 우리는 믿음을 가지고 겸손하게 따라야 해요."

비록 그녀는 침착하게 말하고 있었지만, 그녀가 얼마나 괴로워하고 있는지 알 수 있었다. 그렇지만 나는 인생과의 싸움을 이토록 쉽게 포기하는 것은 부당하다고 여겼다. 나는 격한 말로 그녀에게 고통을 더하는 일이 없도록 최대한 마음을 진정시키고 말했다.

"만약 이것이 우리가 이승에서 서로 만나는 마지막 기회라면, 우리가 누구를 위해 이렇게 희생해야 하는지 확실하게 따져봅시다. 우리의 사랑이 신의 계율에 위배된다면, 나도 당신과 마찬가지로 겸허히 따르겠어요. 신의 뜻을 거역하는 것은 신을 저버리는 짓이 되겠지요. 때로는 인간이 신을 속일 수도 있고, 인간의 보잘것없는 계략이 신의 지혜를 능가할 수 있을 듯이 보일지도 모르죠. 그것은 터무니없는 망상이에요. 그리고 이 거인과의 싸움을 시작하는 인간은 처참하게 파멸당하고 말아요. 그러나 우리의 사랑에 방해가 되는 것이 무엇인가요? 그것은 세상 사람들의 입방아에 지나지 않아요. 나는 인간 사회의 규범을 존중하고, 그것이 오늘날처럼 작위적이고 혼란스럽다 하더라도 존중해요. 병든 몸에는 인간이 만든 약이 필요하며, 우리가 비웃고 있는 이 사회의 금기, 체면, 편견이 없다면 현재의 인류를 결속시키고, 지상에서 함께 공존하려는 목표를 성취하기가 불가능할지도 몰라요. 우리는 이런 최고의 규범들을 위해 많은 것을 희생하고 있어요. 그래서 아테네인들처럼 매년 처녀 총각들을 한 배 가득 실어서 복잡하게 얽힌 우리 사회를 지배하는 그런 괴물에게 조공으로 바치고 있어요. 이제 마음의 상처를 받지 않은 사람은 한 명도 없어요. 진정한 감정을 가진 사람치고 자신의 사랑이 사회라는 새장에 갇혀 조용히 지내기까지 그 날개를 꺾어버리지 않아도 되었던 사람은 한 명도 없어요. 그렇게 하는 수밖에 달리 도리가 없어요. 당신은 인생을 잘 모른다고 하지만, 내 친구들만 떠올려보더라도 당신에게 비극적인 남녀 관계들을 수없이 들려줄 수 있어요. 한 친구는 어떤 처녀를 사랑했고, 얼마 후 서로 사랑하게 되었어요. 그러나 남자는 가난했고 여자는 부자였지요. 아버지들과 친척들이 서로 다투고 모욕해서 사랑하는 두 사람은 헤어졌어요. 왜냐고요? 세상 사람들은 중국의 누에고치에서 만든 비단이 아니라 미국의 목화로 만든 면직 옷을 입는 여자는 불행하다고 여기기 때문이에요.

또 한 친구는 어떤 처녀를 사랑했고 또 사랑도 받았어요. 그러나 남자는 신교를 믿었고 여자는 가톨릭을 믿었어요. 어머니들과 성직자들이 불화를 일으켰고, 사랑하는 두 사람은 헤어졌어요. 왜냐고요? 칼 5세, 프란츠 1세, 하인리히 8세가 3세기 전에 서로 벌였던 정치 놀음 때문이지요.

세 번째 친구도 한 처녀를 사랑했고 또 사랑도 받았어요. 그러나 남자는 귀족이었고 여자는 평민이었어요. 자매들이 반대하고 미워해서 사랑하는 두 사람은 헤어졌어요. 왜냐고요? 1세기 전에 어떤 병사가 전투에서 왕의 목숨을 위협했던 병사를 때려죽였기 때문이지요. 왕은 그 병사에게 귀족 칭호와 영예를 하사했고, 그 병사가 당시에 흘렸던 피의 대가로 증손자의 인생이 망가진 것이죠.

통계학자들은 사람들이 시간당 한 명꼴로 마음의 상처를 받는다고 주장해요. 그리고 나는 그 말을 믿어요. 그러나 왜일까요? 세상 사람들은 거의 모든 곳에서 남들의 사랑을 인정하지 않기 때문이지요. 그것이 남편과 아내 사이의 사랑이 아니라면 말이죠. 두 사람의 처녀가 한 남자를 사랑한다면, 한 여자는 희생자로 쓰러져야 해요. 두 남자가 한 처녀를 사랑하면, 한 남자 혹은 두 남자 모두 희생자가 됩니다. 왜일까요? …… 우리는 결혼할 의사가 없다면 어떤 처녀도 사랑해서는 안 된다는 말인가요? …… 아내로 삼기를 원하지 않는다면 어떤 여자도 바라봐서는 안 되나요? 당신이 눈을 감고 있는 걸 보니 내가 너무 많은 얘기를 한 것 같군요. 세상 사람들은 우리 인생에 주어진 가장 거룩한 것을 가장 천박한 것으로 만들어버렸어요. 그러나 마리아, 더 이상은 안 돼요! 우리가 세상 사람들 속에서 그들과 함께 얘기하고 행동해야 한다면, 그들의 생각에 맞추도록 합시다. 그러나 저 바깥세상 사람들이 떠들어대는 것에 신경 쓰지 말고 사랑하는 두 사람이 진심에서 우러나는 말을 할 수 있는 성지만은 지키도록 합시다. 세상 사람들도 이렇게 물러나 지내는 것, 고귀한 심성을 가진 사람들이 자신의 정당함을 믿고 통속적인 관습에 맞서는 이 용기 있는 저항을 존중할 거예요. 세상 사람들의 체면, 분수, 편견은 덩굴식물과 같아요. 파란 담쟁이넝쿨이 수많은 넝쿨과 뿌리로 튼튼한 성벽을 뒤덮고 있을 때는 멋지게 보이죠. 그러나 우리 인간들에게는 그 넝쿨이 너무 무성하게 자라도록 버려두어서는 안 돼요. 그렇게 되면 그것은 우리 몸 구석구석으로 파고들어, 몸속에서 우리 자신을 지탱해주는 결체 조직을 모조리 파괴하지요. 내 사람이 되어주오, 마리아! …… 당신의 마음에서 우러나는 목소리를 들어요. 지금 당신의 입술에서 울려나오게 될 그 말이 영원히 당신과 나의 인생, 당신과 나의 행복을 결정할 거예요."

나는 입을 다물었다. 붙들고 있던 그녀의 손을 통해 심장의 따뜻한 박동이 전해져왔다. 그녀의 내면에서는 거센 물결이 일며 폭풍이 몰아쳤고, 눈앞에 펼쳐진 푸른 하늘은 폭풍이 구름을 연이어 몰아내고 있는 지금 이 순간처럼 아름다웠던 적은 한 번도 없었던 것 같았다.

"그런데 당신은 왜 저를 사랑하죠?" 그녀가 조용히 물었다. 그 말은 마치 여전히 결정의 순간을 뒤로 미루지 않을 수 없다는 듯이 들렸다.

"왜냐고요? 마리아! 어린아이에게 왜 태어났는지 물어보세요. 꽃에게 왜 피는지 물어보세요. 태양이 왜 빛나는지 물어보세요. 나는 당신을 사랑할 수밖에 없기 때문에 사랑하는 거예요. 하지만 내가 그 이상으로 설명해야 한다면, 당신이 그토록 좋아하는 여기 이 책을 대신 읽어주겠어요.

최상의 것은 곧 우리에게 가장 사랑스러운 것이 되어야 할 것이며, 이러한 사랑에 있어 유익함도 무익함도, 이점도 단점도, 이득도 손실도, 공경도 불경도, 칭찬도 비난도 혹은 이런 종류의 어떤 것들도 고려되어서는 안 되며, 정말로 가장 고귀한 최상의 것은 단지 그것이 가장 고귀하고 사랑스럽다는 이유만으로 가장 사랑스러운 것이 될 것이다. 인간은 자신의 생활을 외적으로나 내적으로 여기에 맞추어야 마땅할 것이다. 외적으로는, 만물들 중에 어떤 것이 다른 것보다 더 낫고, 그 때문에 영원한 선이 어떤 것에서는 다른 것에서보다 더 (혹은 덜) 빛나고 위력을 보이기 때문이다. 이렇게 해서 영원한 선이 가장 많이 빛나고 반짝이고 위력적이고 인정받고 사랑받는 것은 만물들 중에 가장 사랑스러운 것이기도 하다. 영원한 선이 가장 적게 빛나는 것은 가장 미천한 것이다. 그러므로 인간이 만물을 취급하고 다루면서 이러한 차이를 인식한다면, 인간에게는 최상의 피조물이 또한 가장 사랑스러운 것이 될 것이며, 부지런히 힘써 그쪽으로 다가서서 그것과 하나가 되어야 할 것이다.

마리아, 당신이 내가 아는 최상의 인간이기 때문에, 바로 그 때문에 내가 당신을 좋아하고, 그 때문에 당신이 나에게 사랑스러운 거예요. ─ 그 때문에 우리가 서로 사랑하는 것이지요. 당신의 가슴속에 들어 있는 말을 해주고, 당신이 나의 사람이라고 말해주고, 당신의 가장 내밀한 감정을 부정하지 마세요. 신은 당신에게 고통스러운 인생을 내려 보냈고 ─ 당신과 함께 그 고통을 나누도록 나를 당신에게 보냈어요. 당신의 괴로움은 나의 괴로움이 될 것이고, 우리는 그것을 돛단배가 인생의 폭풍을 헤치고 마침내 안전한 항구로 데려다주는 무거운 돛을 지탱하듯

이 함께 견뎌낼 거예요."

그녀의 내면은 점점 더 고요해졌다. 뺨에는 고요한 저녁노을처럼 가벼운 홍조가 번졌다. 그 순간 그녀는 눈을 크게 떴고, 태양이 다시 한 번 신비한 빛을 발하며 번쩍였다.

"나는 당신의 사람이에요" 하고 그녀가 말했다. "주님의 뜻이에요. 지금 이대로의 나를 받아주세요. …… 내가 살아 있는 동안 나는 당신의 사람이에요. 그리고 신께서 우리를 더 아름다운 삶을 통해 다시 결합되게 해주시고, 당신의 사랑이 헛되지 않게 해주시길 빌어요."

우리는 서로 가슴을 맞대고 누웠고, 나의 입술은 방금 전 내 생애 최고의 축복의 말을 흘려보냈던 그 입술을 부드러운 키스로 덮었다. 시간은 조용히 멈추었고, 주변의 세상은 사라졌다. 그때 그녀에게서 깊은 한숨이 새어나왔다. 그녀는 이렇게 중얼거렸다. "주여, 제가 감히 이 행복을 누리는 것을 용서해주소서. 이제 나를 혼자 있게 해주세요. …… 나는 더 이상 견딜 수가 없어요. 잘 가세요, 내 친구, 내 사랑, 내 구원자여!"

그것이 내가 그녀에게서 들었던 마지막 말이었다. 아니, 그렇지는 않았다 – 나는 집으로 돌아왔고 불길한 공상에 젖어 침대에 누워 있었다. 자정이 지나 궁정 주치의가 내 방으로 들어섰다. "우리의 천사께서 하늘나라로 가셨다네. 이것이 그분이 자네에게 보내는 마지막 인사일세." 이 말을 하며 그는 나에게 편지 한 통을 건넸다. 그 속에는 이전에 그녀가 나에게 주었고 내가 다시 주었던 '**주님의 뜻대로**'라는 글이 새겨진 반지가 들어 있었다. 그 반지는 오래 된 종이에 싸여 있었는데, 거기에는 내가 어렸을 적에 그녀에게 했던 말이 언제인지 모르지만 적혀 있었다. "당신의 것은 곧 나의 것, 마리아."

　　우리 두 사람은 한참 동안 단 한 마디 말도 주고받지 않은 채 함께 앉아 있었다. 그것은 고통의 무게가 너무나 커서 우리가 견뎌낼 수 없을 때, 하늘이 내려주는 일종의 정신적 실신상태였다. 마침내 노의사가 일어서더니 내 손을 잡고 말했다. "우리가 만나는 것도 오늘이 마지막일세. 자네는 이곳을 떠나야 하고, 내가 살날도 얼마 남지 않았으니까. 자네에게 꼭 해야 할 말이 있어. …… 내가 평생 동안 지켜왔고, 어느 누구에게도 고백하지 않은 비밀이지. 나는 누군가에게 이 비밀을 고백하길 간절히 바라고 있었다네. 내 말을 잘 듣게. 우리 곁을 떠난 그분은 마음씨 고운 분이야. 숭고하고 순수한 정신, 깊고 진실한 심성을 가지고 있었지. 나는 그분만큼 마음씨가 고운…… 아니, 더 고운 한 여자를 알고 있었지! 그분의 어머니였다네. 나는 그분의 어머니를 사랑했고, 그분의 어머니도 나를 사랑했지. 우리 두 사람은 가난했고, 이 세상에서 나와 그녀에게 부끄럽지 않은 일자리를 얻기 위해 나는 힘든 삶을 살아왔지. 그런데 젊은 영주가 내 신붓감을 보고 사랑에 빠졌어. 그분은 내가 모시는 영주였고, 그녀를 진심으로 사랑했지. 그분은 어떤 희생을 치르더라도 가련한 고아인 그녀를 부인으로 맞아들일 각오가 되어 있었어. 나는 그녀를 너무나 사랑했기에 내 사랑의 행복을 그녀에게 희생으로 바쳤어. 나는 고향을 떠났고, 그녀에게 약속을 지킬 필요가 없다고 편지를 썼어. 그 후로 다시는 만나지 못하다가 임종의 자리에서 서로 만났지. 그녀는 첫딸을 낳다가 죽었다네. 이제 자네는 왜 내가 자네의 마리아를 사랑했고, 그분의 생명을 하루하루 연장시켜왔는지 알겠지. 그분은 내 마음을 아직 이승에 묶어두고 있는 유일한 존재였어. 내가 인생을 참아냈듯이 자네도 잘 참아내기 바라네. 공허한 슬픔에 젖어 단 하루라도 허비하지 말게. 능력이 닿는 대로 사람들을 도와주게. 그들을 사랑해주고, 그분과 같은 그런 인간을 이 땅에서 만나고 알고 사랑하게 해준 것에 대해…… 그리고 떠나보낸 것에 대해 신에게 감사드리게."

"주님의 뜻대로!" 하고 나는 말했다. 그리고 우리는 영원히 헤어졌다.

그리고 며칠, 몇 주, 몇 달, 몇 해가 흘렀다 ― 그사이 나에게는 고향이 타향으로, 타향이 고향으로 변해버렸다. 그러나 그녀의 사랑은 변함없이 남아 있었고, 한 방울의 눈물이 바다로 흘러들듯이 그녀에 대한 사랑도 인류라는 생동감 넘치는 바다로 흘러들었다. 그리고 내가 어린 시절부터 그토록 소중하게 여겼던 수백만 ― 그 수백만의 '타인들' 속으로 스며들어 그들을 감쌌다.

　다만 홀로 대자연 한가운데의 푸른 숲속에 엎드려 있고, 숲 밖에 사람들이 있는지 혹은 이 세상에 완전히 홀로인지 알 수 없는 오늘같이 고요한 여름날에는 기억의 묘지가 꿈틀거리고, 잊혔던 상념들이 되살아나고, 사랑의 온갖 신비한 능력들이 다시 가슴속으로 돌아와 그윽하고 신비한 눈으로 나를 쳐다보는 그 아름다운 존재를 향해 흘러간다. 그럴 때면 수백만의 사람들에 대한 사랑은 단 한 사람에 대한 ─ 나의 착한 천사에 대한 ─ 사랑에 묻혀 사라져버리는 것 같다. 그리고 나의 생각들은 유한한 사랑과 무한한 사랑이라는 풀리지 않는 수수께끼 앞에서 한 치도 나아가지 못한다.

막스 뮐러Friedrich Max Müller는 1823년 12월 6일 데사우에서 태어났고, 독일의 언어학자이자 종교학자였다. 라이프치히 대학에서 문헌학과 철학을 공부했으며 영국의 옥스퍼드로 건너가 비교종교학과 교수로 활동하며 인도 경전을 번역하는 데 심혈을 기울였다Sacred Books of the East, 50권. 그는 또 풍부한 언어학 지식을 바탕으로 신화를 심층적으로 분석하기도 했다. 그가 남긴 문학작품으로는 『독일인의 사랑』 단 한 편뿐이다. 1866년에 발행된 이 소설은 순수하고 아름다운 영혼의 두 남녀가 내면의 이야기를 주고받으며 이루는 고귀한 사랑을 감동적인 시언어로 그려 낸 작품이다.

여덟 편의 회상으로 이루어진 이 소설은 기억의 맨 처음부터 시작해서 어린 시절에 만났던 두 사람이 다시 만나 사랑을 깨닫고 이루는 순간을 향해 간다. 하지만 마침내 사랑이 완성되는 순간, 죽음으로 이별을 고하게 된다. 비교적 단순하다 할 두 사람 사이의 사랑에 갈등이 생길 만한 요인들은 없어 보인다. 그러나 사실은 세상 사람들에게는 커다란 제약이 될 수밖에 없는 당시의 신분 차이, 그리고 죽음의 문턱에서 겨우 연명하는 마리아의 건강은 거의 해결하기가 불가능한 문제였다. 그것을 가볍게 뛰어넘는 그들의 사랑은 너무나 순수하며 고귀하기까지 하다.

그것이 바로 이 책이 세상에 나온 지 1세기 반이 지난 지금까지도 사랑에 대한 고전작품으로 독자들의 사랑을 받고 있는 이유가 아닐까? 그 외에도 저자의 시처럼 아름답고 감동적인 표현들 때문일 것이다. 슈베르트가 작곡한 〈아름다운 물방앗간의 처녀〉, 〈겨울 나그네〉의 작사가로 잘 알려져 있는 그의 아버지 빌헬름 뮐러는 유명한 낭만주의 시인이었다. 그래서 저자도 젊어서부터 아버지의 영향을 많이 받은 것으로 보인다. 실제로도 작품 속에 시들이 자주 등장한다. 또한 동양사상에 심취한 저자의 인생에 관한 심오한 통찰력을 통해 우리에게 깊이 생각해볼 거리를 제공하기 때문일 것이다.

　무엇보다도 두 사람이 예술, 철학, 종교에 관한 대화를 통해 플라토닉한 사랑의 깨달음을 향해 나아가는 과정은 『독일인의 사랑』을 특별하게 여길 수밖에 없게 만드는 것이다. 여기에는 타인에 대한 인식이 중요한 역할을 하고 있다. 처음에 나와 타인을 구분할 수 없었던 주인공은 차츰 성장하며 타인을 인식하게 되고 사랑을 통해 타인을 이해하며 하나로 결합되고 마지막에는 모두를 포용하는 경지에 이르게 된다.

저자는 이 과정들을 주인공인 '나'의 일인칭 시점을 통해 서술함으로써 마음속의 상념과 감정의 변화를 미세하고 풍부하게 전달한다. 이것이 사랑뿐 아니라 인생에 관한 심오한 통찰도 매우 감동적으로 표현할 수 있는 수단이 되는 것이다.

독일에서는 이 책의 원본을 구할 수 없었다. 그래서 독일 위키피디아에 들어가 검색을 해보니 이런 내용이 나와 있었다. "이 소설은 놀랍게도 한국에서 가장 많이 읽히는 독일 문학작품에 속한다. 반면에 독일에서는 전혀 알려져 있지 않다."

여기에는 일제 강점기 시절의 문화 영향도 많았던 것 같다. 우리나라에서 지금까지 40종 넘게 번역본이 나왔지만 원본 텍

스트는 찾아볼 수 없었고, 1942년에 일본의 연구사Kenkyusha
에서 자체적으로 제작한 인쇄본만 남아 있었다. 역자도 할 수
없이 그것을 복사해서 번역 텍스트로 사용하다가, 상태가 좋
지 않아 혹시 잘못된 부분이 있나 해서 미국의 Nabu Public
Domain Reprints에서 나온 프락투어독일 활자체 원본을 다시
구해 일일이 대조해보았지만 이렇다 할 문제는 나타나지 않았
다.

이 책은 우리가 흔히 접하는 청춘남녀의 불타는 사랑보다는
오히려 사랑의 본질에 관해, 보다 넓고 차원 높은 의미에서 생
각해볼 수 있는 기회를 제공한다. 그런 이유로 청소년들이 읽기
에 적당할 것이라 여겨서 여기저기서 추천을 하다 보니 유독 한
국에서의 독자층이 두터워진 것 아닌가 하는 생각을 해본다. 그

172 …
173

러면서도 독자들 중에 내용이 이해하기 어렵다는 반응이 많았다. 그것은 아마 《독일 신학》과 관련된 내용과 까다로운 시 때문이 아닌가 생각한다. 역자도 이 점을 신경 써서 의미전달이 정확하게 되도록 번역하고자 노력했으니 독자들이 쉽게 감상하는 데 조금이라도 도움이 되기를 기대한다.

염정용